流淌的心曲

周依春／著

四川文艺出版社

图书在版编目（CIP）数据

流淌的心曲 / 周依春著 . -- 成都：四川文艺出版社，2021.8（2023.1 重印）
ISBN 978-7-5411-6053-0

Ⅰ . ①流… Ⅱ . ①周… Ⅲ . ①散文集 - 中国 - 当代
Ⅳ . ① I267

中国版本图书馆 CIP 数据核字 (2021) 第 137650 号

LIU TANG DE XIN QU

流淌的心曲

周依春 著

出品人　张庆宁
责任编辑　朱　兰　蔡　曦
封面设计　严春艳
封面题字　梁上泉
图片摄影　刘　毅
版式设计　史小燕
责任校对　段　敏

出版发行　四川文艺出版社（成都市锦江区三色路 238 号）
网　　址　www.scwys.com
电　　话　028-86361802（发行部）　028-86361781（编辑部）

邮购地址　成都市锦江区三色路 238 号 四川文艺出版社邮购部　610023
印　　刷　三河市嵩川印刷有限公司
成品尺寸　145mm × 210mm　　开　本　32 开
印　　张　11.25　　字　数　210 千
版　　次　2021 年 8 月第一版　　印　次　2023 年 1 月第二次印刷
书　　号　ISBN 978-7-5411-6053-0
定　　价　59.80 元

版权所有 · 侵权必究。如有质量问题，请与出版社联系更换。028-86361795

金融界的巴山松

——周依春散文集《流淌的心曲》序

读书是愉快的，读一本至情至性的书更是如此。依春的作品就像他的人一样，给人以踏实真诚之感。他算是我们金融作协这些年在文化建设中培养出的生力军，也是金融文学领域里的一颗闪亮的星星。

我是在2018年中国金融作协创作培训暨创联工作会议上见到他的，他那双炯炯有神的大眼，俊目生辉让人印象深刻。要命的是他还有一对酒窝，在典型的国字脸上为美男子做了别样的注释，因此对养育和让他成长的大巴山充满了好奇和向往。

依春在基层工作，勤勤恳恳二十多年，可以说在业务上节节拔高，管理上步步精进，从乡镇信用社到县、区、市，从普通柜员到行社的一把手，每一步都很艰难，但每一步都很踏实，也正是因此，才成就了他的事业，积累了许多管理智慧和人生感悟。这本《流淌的心曲》既是他的心路历程，也是他的领悟记录，我们从中可以看到改革开放后中国金融发展中的砥砺前行，以及一个金融人成长中的风雨兼程。

要说给依春的作品定个位，不太容易。就像当年《人民日报》采访我时，主持人问我对于自己的定位，我说也没什么准确的定位，充其量也就是个“四不像”：因为家乡人总喜欢说我是在北京工作的“公家人”，单位的同事老愿意称我是“村里人”，中国作协的作家们觉得我是“金融人”，金融界的朋友又看我是“写字人”，真是说不准。尽管依春经历过严酷的锻造，有过激情燃烧的岁月，但文字里的稳重和平静总是让人感叹他的胸襟和气度。这大概源于他这么多年的地方领导风格，喜怒不形于色，好恶不言于表。

从某种意义上来说，依春算一个“地域作家”。他的第一个篇章都与大巴山有关，你看《山路弯弯》里800米的高山，5000米的坦途，还下坡500米。这几个数据一下就让人知道，他是大山的孩子。“实在走不动了，我调皮、撒娇、掉眼泪，甚至索性停下来不走了”，这些描写让人想到了“看到屋走到哭”的大山布局，山路弯弯啊，好多人被困在大山，走不出去。而他，当年那个又犟又蛮的小老虎，终于在《父亲的烟斗》教育下，“费了老劲”走出去，成为一个为人民谋利，为家乡谋福的金融人。多年以后他用自己的方式反哺家乡，《家乡那片赤芍花》里我们看到，他从朋友满平那里知道了种植赤芍的消息，把家乡土壤、气候等自然资源一合计，他就有些兴奋了。“我一吐为快，自觉酣畅淋漓。此时，人群中鸦雀无声，死一般的寂静，仿佛连一根针掉在地上都能听见，大家听得津津有味，意犹未尽，思想的疙瘩渐渐被解开了。”“盼星星盼月亮，盼望老乡奔小康……”终于看到赤芍在家乡妖艳绽放。“最美人间四月天，家乡那片赤芍花开了，漫山遍野的赤芍花争奇斗艳……”这既可以招引游人做旅游，也可以收获根茎做药材。看到乡亲们喜悦的笑脸，他感到由衷的高兴，这是一个赤子的情怀，也是一个儿子的心愿。他与大巴山始终深情对视，又真诚相拥。

再说依春是一个“情感作家”。这情有对天地君亲师的仁义忠孝，也有对世界万物的怜悯。你看他写父母、写妻子，尤其是写儿子的篇目中，从导航引路联系到人生规划，“记住自己走过的路和来时的路，坚持走自己的路，不用导航也不会迷路”。陪孩子成长是每个家庭现在最缺失的，他能在百忙中抽出时间，可见他不仅是一个好领导，好儿子，好丈夫，也是一个好父亲。他也因此收获到了人生该有的幸福和快乐，健康的双亲、贤惠的妻子和懂事的儿女，是他工作的后盾，也是他前行的动力。十一岁的儿子就能帮他解密码锁，何愁不能解人生路上的诸多新试题。

依春还是一个“行业作家”。你看他把一个金融人的情怀、金融人的担当、金融人的境界都写得那么真切，那么深刻。他把工作中从领导那里学来的真经认真吸收、消化，转化成自己工作中的智慧。把与同事相处中的点点滴滴铭记于心，用这些温暖转化成对抗工作压力的“抱枕”，一个有心人就是这样把工作和学习相互渗透，相互融合，形成自己人生的经验和工作的动力。在精准扶贫工作中，他既用了管理银行的方法，也用了纯朴的兄弟情谊，可谓是下足了“绣花”功夫。不仅带领了全体职工日夜奋战，更把被帮扶人当作亲人来悉心照顾。《农信人的“绣花”功夫》里，他从“精准帮扶、贴心帮扶、真情帮扶、信用帮扶、智力帮扶、重点帮扶和定点帮扶”几个方面来诠释脱贫攻坚这一世纪工程。这是方法，是举措更是扶贫心血和脚印。“信用社这样帮我，如果我再不能富起来，那就真无脸见大家了！”“长期卧床不起的老娘开始戴着护甲在院坝里来回踱着步，周美儿坐在堂屋的轮椅上欣赏着门外的风景，第一次开口跟我说话打招呼，眼里露出希望的光。”这是贫困户王元奎的肺腑之言，也是他在扶贫路上帮“穷亲戚”脱贫的成果之一。他在扶贫上所做的贡献和取得的成绩，感动的不仅是“穷亲戚”，还有当地的许多干部群众。他们说：一个外来干部，把扶贫工作做得这么扎实，为老百姓办这么多实事，这样的干部才是老百姓的贴心人。《门坎坡村没有坎》里，他的开篇很艺术：“这是川东小平原上的一道低矮山梁，它就像一道厚实的门坎，横亘在小平原的边缘。”你看他把这个地名诠释得这么诗意，恐怕本地人都不知道还有这么个讲究，只晓得“一坡两边梭”。也就是这道低矮的山梁，让村民曾经只能“后边喝稀饭，前边敲铁锅”。幸好这坎不高，不能阻挡改革开放的春风，现在又欣喜地迎来了依春这位“财神爷”，门坎坡村就不会再有过不去的坎了。看着依春记述金融扶贫的真情实感，我又想起了我自己的金融扶贫长篇小说《天是爹来地是娘》，就觉得依春这些实实在在的工作和成绩，不仅提升了金融人的美誉度，拉近了与群众的距离，更彰显了金融人服务“三农”的决心和信心，为乡村振兴打下了坚实基础。

依春更是一位“良知作家”。你看他的文字，不矫情也不要花腔，没有对华丽的沉溺，也不过于眷恋唯美。秉持着文字传递文明，传承文化，体现“真善美”的宗旨，严守一个写作者不煽动、不诋毁的良好品质。读他的作品让我想到白居易和汪曾祺，每一个字都掷地有声，每句话都朴实亲切。他的每篇文字，没有对生活的颓废，也没有对人生的怅然，就连对贫穷的回忆都充满了感激。这些是我们民族需要的养分，是青少年成长中不偏不倚的坐标。

你看他笔下的母亲，一言一行那么像我们自己的母亲；那些旅途中的见闻和感受，仿佛就是我们自己亲历的体会。

捧读依春的这本心血结晶，我心里有莫大的安慰。他不是工作机器，不是烟酒俗夫，他是一个心里有爱，眼中有情，手上有劲的智识之士。一个工作做得很好，又能用静观世情、思考人生的方式充实业余时间的金融人，是行业之幸，社会之幸。这几年，依春笔耕不辍，成果丰硕，从一个普通会员成长为四川金融作家协会副主席，去年又取得四川省作家协会会员资格，成为全国金融系统及社会各界熟知的知名作家，并获得了四川作协2019年度全省文学扶贫“万千百十”活动先进个人。这是对他个人的肯定，也是对我们金融人的肯定。我相信无论是在工作中还是在写作上，他将如他的家乡大巴山一样，苍劲挺拔，后劲扎实。他是金融界的巴山松，大巴山的金雀鸟。期待他写出更多真性情文字，在工作和写作上都取得长足发展。

是为序。

中国作协全委会委员

中国金融作协主席　阎雪君

中国金融文联副主席

2020年6月6日　于北京金融街中国银保监会大厦

阎雪君，山西大同人。中国作家协会全国委员会委员，中国金融作协主席，中国金融文联副主席，兼任共青团中央青年志愿者协会宣传工作委员会副主任。在中央、省部级报刊发表作品360多万字，其中发表长篇小说《原上草》《天是爹来地是娘》等6部；主编《中国金融文学》杂志，主编《中国金融文学奖获奖作品集》《当代金融文学精选丛书》（12卷）等，作品多次获得“中国金融文学奖”等全国性大奖。《人民日报》《光明日报》《文艺报》《金融时报》等报刊评论其作品具有浓郁的乡土气息，深厚的传统文化情结和鲜明的金融特色。

目录

故乡情思

故乡情思……001
山路弯弯……003
鞋的印记……007
儿行千里……010
父子情深……013
想起爷爷……017
父亲的烟斗……021
家乡那片赤芍花……024
难忘的肉丝面……033
乡村待召……035
小街子……039
老家的年俗……043

他乡情缘

农信人的“绣花”功夫……051
门坎坡村没有坎……059
扶贫路上结“穷”亲……071
龙形山村那一抹绿……085
扶贫小事……103
驻社蹲点日记……106
扶贫之“痛”……117
春风吹来满眼绿……121
掌声背后……123
又到年终决算时……125
不忘初心 砥砺前行……128
我将无我 不负人民……135
“疫”闷山川染春色……142
历史典故巧解同事矛盾……147

人生感悟

人生“三问”……153
激情在燃烧……156
人生处处是考场……158
与其坐等其成 不如追梦前行……162
“读”出来的惊喜……167
读懂领导讲话……170
壮哉！其美多吉……172
学会举一反三……175
话说“营销”……178
话说“胆小”……181
话说“点赞”……183
别当麻木的看客……185
教练换人与领导用人……187
两强相遇智者胜……189

领悟与醒悟……191
学校办学与企业管理……193
有感于“前人栽树”……196
活出生命的价值……198
文化带来的感动……201
培训感悟……204
“闲人”听雨……208

生活浪花

我和高老汉拉家常……213
初识老李……216
正反对比看觉悟……220
一份盒饭的情意……224
一双鞋垫……228
壮汉吃面……231

戒　烟……233
洁牙有故事……236
儿子趣谈（三则）……240
我陪儿子过“六一”……243
第一次送儿子去补习……246
儿子军训……248
沟通的智慧……253
孩子，爸妈想对你说……256
儿子帮我识密码……260
母亲战“疫”……263
爱上乌鸡米线……267

天涯逐梦

七月流火……273
内蒙古之行……275

走进西藏……285
自驾若尔盖……300
我爱江西……305
新疆是个好地方……310
畅游巴山大峡谷……326
八台山顶看日出……334

后 记……338

故乡情思

山路弯弯

一条弯弯的山路连接着我的老家和县城，也连通了外面五彩缤纷的世界。

在过去交通不发达的年代，那条弯弯的山路是我们去县城的最佳捷径，自然也就成了乡亲们进城的最佳选择：翻过一座800米的高山，走过一段5000米长的坦途，然后沿斜坡下行500米，再顺着一条蜿蜒曲折的山梁前行二十多公里，便到达了县城。一路上，翻三山五岭，过四乡八村，睹茅屋草舍，看缕缕炊烟，闻鸡鸣犬吠，掠四季风景。

那条弯弯的山路，留下了我儿时的记忆，童年的脚印，少年的梦想，行走的故事。

记得我还是七八岁的时候，爷爷带着我去给幺姑“送月米”（川东北一带的习俗，又称“打三朝”，就是谁家添丁进口之后，娘家人都要送些大米和鸡蛋去，以示庆贺），幺姑家住在县城附近的塔子山，那时没有公路没有车行，也是我第一次出远门走那条弯弯曲曲的山路，走到哪里，爷爷就给我介绍到哪里，这里是古楼坝、凤头山，这里是四个田，这里是粘毛山……以及这些地方曾经发生的奇闻逸事。比如“四个田”地处十字路口，森林茂密，荫翳蔽日，古时候是强盗出没的地方，那里常常有被抢窃，甚至妇女被强奸的事件发生，一个人路过那里，白天都总是提心吊胆，就更别说走夜路了。足足50里的山路，小小年纪的我，从来没有走过那么远，走着走着，实在走不动了，我调皮、撒娇、掉眼泪，甚至索性停下来不走了，爷爷总是变着法子哄我：快到了！快到了！路过县城边，爷爷还去商店里给我买来糖果哄我开心，给我增添信心和力量，我只好一直坚持着往前走。我们天亮出发，一直到午后两点才到达幺姑的家，好在我最终还是坚持了下来，不然真会落得个“行百里者半九十”的遗憾。

几年之后，望子成龙的父亲将我送到县城关中学读初中，那条路就成了我求学的路。冬去春来，寒来暑往，每个周末都要在那条路上来回奔波。每次出门前，曾祖母总是催促着“快快走”，简简单单的三个字，却对我寄托着“走出大山，到更广阔的天地去”的殷切期望。年幼瘦小的我，一路上像风一样地奔跑，有时候三个多小时就到了学校。

然而，长期奔波在那条崎岖的山路上并不是那么一帆风顺的，意外总是不期而至。那是一个周五的下午，老师放学很晚，我归心似箭，刚走了一个小时，天色就暗淡了下来，我仍坚持继续摸黑往回走。冬天的夜一片漆黑，伸手不见五指，实在看不见也走不动了，我便来到路边的一户人家，主人借着微弱的煤油灯光看清楚我是一个学生，心疼地说："孩子，这么黑的天就不走了，明天再回家吧！"听到主人这句话，我的眼泪唰地流了出来。在那个缺吃少穿的年代，晚上好心的主人还匀出饭来给我吃，腾出床铺让我睡，主人的恩情我一辈子都忘不了。又一个星期天下午，刚离开家的时候都还是艳阳高照，行程还不到一半，天空突然乌云密布，暴雨滂沱，夏天的雨说来就来，把我淋得像个落汤鸡。我赶紧跑到附近人家的屋檐下躲雨，素不相识的老乡见我衣服淋湿了，怕我感冒，赶紧找来衣服让我换上，并给我准备了一个斗笠（那时农村经济条件差，大多数人家都舍不得买雨伞，而是买斗笠，农用、生活一举两用），为了不耽误晚自习，叫我早点上路……还有我常常被狗追咬，有一次，几条狗一哄而上，把我团团围住，顿时把我吓哭了，我一边急忙从地上抓起石子投向狗群，抵挡它们来势汹汹的追袭，一边大声呼救，附近的乡亲闻讯赶来才把狗给我撵开。在那条弯弯的山路上，朴实的乡亲给了我太多太多的温暖和感动！

我中学毕业后，通过招考进入了农信社，终于如愿以偿，走出了大山，有了为老百姓服务的机会和平台，我也倍加珍惜这份职业，竭尽全力为老百姓排忧解难。随着国家公路“村村通”工程的实施，公路修到了我老家的山脚下，每次回家就可以以车代步了，从那时起，我就再也没有走过那条弯弯山路了。

岁月填补了那条山路的坑坑洼洼，但永远抹不掉那条山路历经的风风雨雨。行走在那条弯弯山路上的经历，已经融入我的血脉中，刻进我的记忆里，成为我人生永远不能割舍的一部分。往事历历在目，至今仍催我奋进，促我自新。

如今，那条弯弯山路早已被水泥公路所取代，而且实现了公路“户户通”。勤劳的百姓打开了山门，敞开了心门，开窍了脑门，有的建起了粉墙黛瓦的小洋楼，有的入住了整齐划一的聚居点，致富产业比比皆是……曾经的弯弯山路变成了人们的修心路、通天路、幸福路！

鞋的印记

鞋，是人们日常生活的必需品，居家和出行都离不开它。不同时期不同的鞋，伴随着我走过了人生半辈子光阴，也在我的脑海中留下了深深的印记。

我出生在生活十分困难的年代，家中上有老，下有小，兄弟多，根本就没有钱买鞋穿。小时候，除了打赤脚外，就是穿妈妈一针一线给我们做出来的布鞋。有时候一双鞋大的穿了，小的又接着穿。

虽说是布鞋，但工艺并不那么简单。首先是剃样，就是比照穿鞋人的脚掌形状和大小，用平时在茨竹林中捡回来的笋箨剪出鞋样；其次是按照鞋样，用一些边角布料做成1—1.5厘米厚的鞋底，再用1毫米粗的麻绳一针一针地扎紧，做成鞋底；然后用帆布或呢绒布等比较厚实的布做鞋帮；最后，再将鞋帮用麻绳上在鞋底上，这样一双布鞋就做成了。只有知道做布鞋全过程的人，才能理解“慈母手中线，游子身上衣”的含义。可是家中人口多，妈妈白天要下地劳作，只有晚上忙里偷闲，借助昏暗的煤油灯挑灯夜战，做成一双布鞋至少也要十天半月，一年到头全家每人能够穿上一双布鞋也是一种奢望，而且只有等到每年的大年三十夜，妈妈才将自己一针一线做出来的布鞋发给我们，赶上新年的第一天穿。

穿上妈妈做的布鞋行走在上学的路上既高兴，又暖心，我还不时在同伴面前炫耀。然而，一双布鞋要应付天晴下雨的确很难，下雨天布鞋在雨水中浸泡后会脱帮张口。一到冬天，凛冽的寒风从张口处灌进来，冻得整个人瑟瑟发抖。时间长了，脚后跟上自然而然地生出大大小小的冻疮，破皮之后流出淡黄色的脓液，只好用破抹布缠裹着，等待疮口随着时间慢慢愈合。那时候，老师常常给我们讲，现在学习努力不努力，关系到将来是穿皮鞋还是穿草鞋。我深深地理解老师的良苦用心，而且一直用老师的话来鞭策激励自己。

上初中时，家里买不起皮鞋，就给我买了一双胶鞋，这样既可以防水，又适合穿上打篮球锻炼身体。正因为如此，我练就了一身好球技，成为我后来求职的最大优势。

上了高中，我一直希望有一双皮鞋，无奈之下，父亲省吃俭用花了15元钱给我买了一双。15元钱在那时可不是一个小数目，然而那双皮鞋我只穿了一次，放在宿舍里，就不翼而飞了！当时我非常伤心，生怕回家父母责备我。

然而，回家之后，不知父母从哪里早就得到了消息，不但没有责备我，反而安慰我说，皮鞋丢了就丢了，不必那么伤心，可能别人也没有鞋子穿，只要你好好学习，今后就不愁没有皮鞋穿。

为了穿皮鞋不穿草鞋，我一直拼搏奋斗着，追求着自己的梦想，虽然没有能考进理想的大学，但幸运地加入了农信大家庭，拥有了一份称心如意的职业，而且还能够穿上皮鞋，踏千山万水，走千家万户，为老百姓送去温暖，助力精准扶贫，助推全面小康，擦亮“四川农信——四川人民自己的银行”这块金字招牌，我也心满意足了！

鞋，记录着过去，憧憬着未来，激励着奋斗，收获着幸福；鞋，我用它丈量着脚下的路，也丈量着自己的人生。

儿行千里

听到我即将调往异地任职的消息，母亲心里十分担忧和不安。

“你回家乡工作还不到五年，怎么又要调走？”母亲不解地问。

“工作需要吧！现在交通方便，其实也不远，我会常回来看您。”我一边回答，一边安慰母亲，母亲却显得一脸茫然和无奈。

我简单收拾收拾行李，乘坐班车来到了新的工作单位。

其实，在家乡工作的这五年时间里，妻子一直在外地陪伴儿子读书，我的衣食住行，母亲为我打理得井井有条，每天上午和下午都要分别给我打一次电话，问我回不回家吃饭，隔三岔五都要去我的住处，帮我洗衣服、打扫卫生，让我全心身投入工作……如今我却要远离家乡，在外地举目无亲，生活上有诸多不便，母亲的担忧并不多余。

离开家乡的第二天，母亲习惯性地步行前往我的住处，在单位门口遇见了我的同事，同事关切地问：“张姨，您到哪里去？”

“我去看看儿子有没有换下的脏衣服，帮他洗了！”母亲哽咽着再也说不下去了，泪水忍不住夺眶而出，她慢慢转过身，埋头往前走，瘦小羸弱的身影渐渐消失在了同事的视线里。

望着我母亲远去的背影，我的同事也忍不住哭了，随后拨通了我的电话：“你要多给张姨打电话，不然她会牵挂你、担心你……”接完同事的电话，我一阵心酸。母亲在生活中十分坚强，年轻时，她一个人扛起了全家九口人的生活重担，然而在感情上却十分脆弱，孝老爱幼，心地善良……同事的话仿佛触碰了我心底最柔弱的部分，我不禁吟出一首小诗：“远离故土到开江，组织重托寄厚望；儿今难闻母呼唤，何时才能见到娘。”

来到新的工作单位，忙碌的一周很快就过去了。星期六的上午，母亲突然出现在了我的面前，我仔细打量着她，才一周不见，母亲的鬓角又添了几缕白发，显得比以前更苍老了。母亲的到来，让我喜极而泣，原来母亲还是担心我在异地工作生活会有很多不便。

母亲很少出远门。我带母亲在县城里转转，到新的单位看看，去新的住所坐坐，看到我新的工作和生活环境，虽然比不上从前，但也不会太差，总算放心了，母亲心中那块悬着的石头终于落地了……

星期天，母亲催促着要回家，我叫她多待几天，她怕影响我的工作，执意不肯，我拗不过她，只好坐车送她回到家乡所在的城市。

返回单位的第二天，母亲打电话告诉我，她又回到了农村老家。她已无牵无挂，她要重拾自己曾经耕种过的菜园，安度自己的晚年。

他乡之夜，万籁俱寂，仰望苍穹，繁星满天。“妈妈，您该不会像过去那样，风雨飘摇，辛苦操劳吧？”儿子在远方同样担心和惦记着您。

父子情深

父子情，骨肉情；父爱如山，子孝孙贤；父子情深，幸福绵绵。

当初，父亲在我心目中的形象十分威严。正因为他的威严，所以我不理解他、不相信他，甚至怨恨他，而且我对他产生了一定的距离感，总是想方设法地躲着他。

记得刚上小学时，父亲一直把我带在身边，跟他一起上学、生活。那时候，因为除了他是我的父亲外，还有另外一个身份——老师，我和其他同学一样对他颇有畏惧感。大热天与他在一起睡午觉，总是翻来覆去睡不着。一天中午，我和几个同学偷偷下河去洗澡，结果被父亲发现了，他狠狠地给了我一巴掌，从那以后，我再也不敢下河去洗澡了，所以至今我还是个“旱鸭子”。为了让我练好字，他常常找来一些废旧报纸和一些用过的作业本，在上面写上红色的毛笔字让我临摹，有时候因为一笔一画描摹不到位而免不了遭到他的一顿训斥……幼小的我，对父亲

始终心存敬畏。

后来，我潜意识里把父亲对我的严变成鞭策我前进的动力。小学毕业后，我离开父亲到县城读中学。每次回去，父亲都会挑出几本小学生作文来，让我批改，锻炼我的写作思维和文字功底，我的写作水平因此得到了逐步提高。为了让我学有所成，当我第一次参加高考名落孙山后，父亲并没有责备我，更没有对我失望，而是鼓励我去复读，争取来年再考，可高额的复读费又成了父亲的沉重负担。但父亲却厚着脸皮四处求借，终于在亲戚朋友的支持下凑齐了500元的复读费，给了我继续圆梦的机会……父亲就像一头拉车的牛，默默地承担起让儿子增知识、长才干的责任。

父亲还把他对儿子的爱融入到生活的点点滴滴。20世纪70年代，每年暑假，作为民办教师的父亲都要到区文教办公室集中学习一个月。有一次，为了改善学员的生活，区文教局给每个参加学习的教师发了一个皮蛋，父亲硬是舍不得吃，而是待到一个月学习结束后把它带回家来，切成块，让我们几兄弟品尝。那味道至今还深深地留在我尘封的记忆中。

我在城里读高三的时候，一天晚上，我正在上晚自习，父亲突然出现在教室外面的走廊里。见到父亲后，得知他进城办事，专门过来看我。他将手里的袋子交给我，我打开一看，原来是父亲刚刚在街上给我买来的半只卤鸭子。我说，爸爸，我吃过晚饭了，您拿去吃吧！父亲说，你读书辛苦，补补身子，好好学习，将来报效祖国。话音刚落，父亲转身就走。看到父亲日渐花白的头发，弯驼的背脊，蹒跚的脚步，顿时泪水模糊了我的双眼，直至他远去的背影消失在我朦胧的视野里……父亲就是一棵参天大树，他为我遮风挡雨，驱寒送暖。父亲的柔情更加深了我们父子之间的感情。

我刚参加工作不久，父亲所在的中心校组织老师到峨眉山去旅游，每人要交100元的旅游费。听说这事后，我从当月仅有的64元工资中拿出50元交给父亲，让他开开心心去旅游。父亲70岁生日，我花了500元给他买了一件衬衫作为生日礼物，他嫌贵了，硬是逼着我去换了一件便宜的。

近两年，每逢公休，我总会带上父母到国内的一些景点走一走、看一看，饱览祖国的大好河山，让他们愉快安度晚年，尽一份当儿子的孝心；可为了节省开销，父亲要求吃的简单些，住的便宜些，生怕给我们增添过多的负担。父亲节俭的生活习惯也深深地影响着我。我们父子之间的感情就在这样的父慈子孝中延续着。

如今，父亲已经年逾古稀，赋闲在家，但他仍坚持劳作，耕种着半亩菜园。我虽然身处异乡，但心存惦念，总会隔三岔五地回去陪伴，消解他晚年的寂寞，多多聆听他的谆谆教诲，因为在父亲眼里，我们永远是长不大的孩子。

想起爷爷

周末回老家，我又想起了爷爷。

在我懵懂的记忆里，爷爷是59岁去世的。那一年正好是唐山大地震。地震时，老家房子板壁上的门扣被摇得叮当响，爷爷被病痛折磨得瘦削的身躯，仰坐在长长的靠椅上，嘴里发出微弱的声音："地震啦！"那时才8岁的我，不知道地震是什么，只知道大地在颤抖，墙壁在晃动，就在那年秋天，爷爷走了！

倒推回去，爷爷是1917年出生的。在旧社会里，爷爷没有读过书，但体力极好，一生靠耕作和卖苦力为生。

也许是他吃到了没有文化的苦头，所以无论如何，都要送子女读书。在20世纪60年代，他就把我父亲送到了县城的重点中学读初中，那个时候能够进入县重点中学读书，不但要成绩好，而且要家里舍得送。初中没有读完，父亲就回老家当了一名代课教师。在那个时候，父亲就算是村里的文化人了。

听父亲讲，有一次爷爷把柴挑到城里，卖了钱，想犒劳儿子一下，到县城的国营食堂去买了一个馒头，放在桌上的盘子里，爷儿俩正在相互推让时，旁边一个讨口子（方言，即乞丐）抓起馒头就啃，把爷儿俩弄得哭笑不得。

爷爷是天，是我们家中的顶梁柱，也是我们全家人唯一的依靠。在那个年代，我们家很穷，一家老小八九口人，只有靠爷爷和母亲两个人挣工分养家糊口，父亲微薄的代课工资只够用来补贴家用，日子过得紧巴巴的，经常是吃了上顿没下顿，为了让全家人吃饱不挨饿，爷爷常常到山上去挖些野菜回来充饥。每到栽秧季节，他会下田去捉些黄鳝泥鳅回来，改善一家人的生活。虽说是改善生活，因为缺油，煮出来的黄鳝泥鳅不是那么好吃，但一家人仍然把它当作难得的佳肴，吃得津津有味。

爷爷对我们很溺爱。他时常去帮别的人家修房造屋抬石头，中午酒桌上的酥肉，他那一份总是舍不得吃，而是打包回来，让全家人分享。而且要是出门走亲戚，他总是带着我，事事顺着我。记得有一次他去幺祖婆家，我也跟着去了，晚上在席上看着长辈们喝酒，觉得好玩，就嚷着要酒喝，结果半杯酒下肚，我就不省人事了，在场的人都吓着了，爷爷又是给我磨豆浆解酒，又是吩咐他们找医生，一直忙到半夜，我终于醒了过来，他才放心睡下。第二天一觉醒来，他为头天晚上没有阻拦我喝酒而深深地自责和后悔。

爷爷一生勤劳朴实。除了集体生产时挣工分和帮别人卖苦力外，其余的时间就是到自留山上去砍柴，那时煮饭全靠烧柴。他砍柴往往是把一片一片山林全部砍光，就像给人剃光头一样，一个个小山包就像一个个光秃秃的馒头，等到次年，又才绽放出新芽，重新焕发出生机。后来，爸爸砍柴就不一样了，他砍掉的都是一些不成器的杂木，总是把长势较好的树木保留下来，结果几年之后都长成了参天大树，这或许就是父亲因势利导的育人之道吧！

爷爷长期劳累，加之生活艰苦，最终积劳成疾，患上了膀胱病。有时候尿不出来，痛得要命，额头上挂着大滴大滴的汗珠，看到他那难受的样子，我们的心如刀割一般，由于那时缺粮少食，缺医少药，只有听天由命，没过几年，爷爷便去世了。

两年之后，改革开放的春风吹遍了祖国的大江南北，我们家的日子也好过了起来。奶奶时常这样唠叨着："那老背时的（方言，有责备、埋怨之意）就是没得福气，现在日子好过了，他又不在（世）了。"

爷爷在劳累、饥饿和疾病的折磨中度过了一生，每当在他坟头祭拜的时候，往事历历在目，我总是鼻头一酸，潸然泪下。

爷爷走后，他连一张照片都没有留下，一晃四十多年过去了，我已记不清他的模样，留在我脑海中印象最深的，就是他身着旧马褂，腰系稻草绳，脚穿稻草鞋，肩扛砍柴刀，上山去砍柴时的高挑清瘦的背影。

想起爷爷，我就有了战胜困难的勇气和力量，更加激励着我在金融精准扶贫的道路上奋力前行。

父亲的烟斗

20世纪六七十年代，我国西南地区的人们都有抽旱烟的习惯，我的祖父和父亲也不例外。

那个时候，乡下人抽的旱烟大多是自家种植的，因为计划经济时代卷烟加工厂少，难以买到卷烟，而且卷烟价格不菲，很少有人买得起。农村没有人抽卷烟，所以只有抽自己种植的旱烟，抽不完还可以拿到集市上去卖。

抽旱烟不像现在抽卷烟那样方便，由于旱烟被裹成一支一支的，体积比较大，直接拿在手上抽很不方便；加之直接抽，焦油和烟碱就会直接吸入人体内，对身体的伤害大。而且抽到快结束的时候，怕烫手只有丢掉，那样浪费就大，所以抽旱烟是需要工具的，人们把这种工具称之为“烟斗”。最简易的烟斗就是一个长约4—5寸的竹筒，将旱烟裹成卷后插进竹筒的一端、点燃，用嘴含住竹筒的另一端就可以抽了。当然，有的人抽旱烟用的烟斗就很考究了，有木制的，也有铜制的、铝制的，那样的烟斗小巧精致而且上档次。

在我的印象中，父亲很少用竹筒抽烟，他用的是废旧的子弹壳自制的铜烟斗。那时父亲在村小当民办教师，有一个从乡场上来村小和父亲一起共事的李老师，年龄比我父亲长几岁，他对自制一些日常小用具很在行。比如织渔网、制钓鱼竿、打烟斗等。父亲很有灵性，自制烟斗就是从他那里学来的。这种烟斗是用废旧的步枪子弹壳做的，由烟斗、弯管和烟管三部分构成，弯管的两头有丝口，烟斗和烟管由弯管连接而成，整个烟斗长约4—5寸，便于随身携带。他们制作的烟斗一般是自己用，有时也用来赠送朋友，体现出“烟友之间不分你我”的和气。我对他们在那个时代出色的智慧和惊人的创造力由衷地佩服和崇拜。

记得我读小学二年级时，临近期末，贫困家庭的学生都可以申请减免学费，虽然那时每学期的学费只有1.5元，但减免了也可以减少家庭的一项负担。就在那年冬天的一个夜晚，晚饭后，我们一家人围坐在饭桌旁，父亲教我写减免学费的申请，在写“费”字时，我突然断了片，不知道怎么写，父亲在旁边对我说，就是“弓”字中间加上一撇一竖，下面再加一个宝贝的“贝”字。可我却怎么也反应不过来，于是他举起手中的烟斗当头就给了我一下，在一旁的母亲心疼地说：“那么硬的东西，怎么能打他的脑壳呢？打出了问题怎么办？”母亲却不知道，父亲是将它高高举起，轻轻放下；虽然他用手在打，但心里却在疼。然而，也正是那一烟斗给我留下了深刻的记忆，使我后来知道了该如何用心学习，读书写字，成长成才，不辜负父母的期望。

在我们老家，过去有师傅用烟斗教育徒弟的说法，也就是说，师傅向徒弟传授技艺，如果徒弟愚笨，屡教不会，就要挨烟斗。为了让我练得一手好字，父亲总是在一些用过的作业本背面，用钢笔写上一些红笔字，或者用一些废旧的报纸写上一些红色的毛笔字，要求我用毛笔一笔一画地摹（也就是“临摹”），认认真真写好每一个字，如同要求我堂堂正正做人一样，而父亲总是在旁边握着烟斗，“吧嗒吧嗒”地抽着旱烟、盯着我，我不敢开一点小差，生怕稍有不慎摹错字而挨上一烟斗。那小小的烟斗也成就了我后来写得一手好字，这也许就是严父慈母的良苦用心吧！

后来，改革开放的春风吹拂了大巴山的山山水水，市场经济日趋活跃，卷烟生产量越来越大，抽卷烟的人越来越多了，抽旱烟的人越来越少了，父亲也渐渐不抽旱烟了，烟斗也逐渐退出了父亲的生活，消失在岁月的烟尘中，但父亲的烟斗却在我的记忆中永远挥之不去。

父亲的烟斗，是时代的标志，也是岁月的记忆！

家乡那片赤芍花

一

“土地平旷，屋舍俨然，有良田美池桑竹之属。阡陌交通，鸡犬相闻……”儿时对老家“桃花源”般的记忆，一直萦绕在我的心头，而且总是挥之不去。回想起那个时候，乡亲们还是把贫穷的日子过得有滋有味的。

后来，在大山沟里穷怕了的乡亲们，纷纷跟随劳务输出大军外出打工挣钱，留在家里的年迈力衰的老人，无力耕种自家的土地，大片大片的田园荒芜。曾经热闹的乡村也一下子寂静了下来。

作为一名农信干部，我每次回老家看到那些撂荒的土地、杂草丛生的田园和日渐消失的炊烟，心里很不是滋味，总想为家乡做点什么，但又无从下手。

两年前，一个偶然的机会，见到了我在异乡工作时认识的一个朋友满平。谈话间，得知他在他的老家元山镇兴元村，流转土地上千亩，种植赤芍、丹参等中药材，而且还成立了天泰中药材种植专业合作社，规模和效益都很不错。他说，现在国家实施乡村振兴战略，鼓励有识之士回乡创业，还有许多优惠政策，加之，大巴山的土壤和气候适宜种植中药材，种植赤芍既有经济价值，又有观赏价值，再则，他还有自己的销售渠道，所以就回乡搞起了中药材种植。

满平以前是个包工头，搞一些修修补补的小工程，这跨界也太大了吧！像他这样急功近利的人，也能静得下心来搞产业，我不得不对他另眼相看。

他的成功转型，使我眼前忽然一亮：产业是发展的根基，过去我们老家之所以留不住人，就是因为农民没有发家致富的产业。可不可以把他的中药材种植项目引到我们老家去呢？

我把我的想法告诉了他，他满口答应，并承诺无偿给予技术指导和负责帮忙联系销售。

“这样一来，岂不是核心问题就解决了吗？”我心里想。

满平虽然同意了，但要想把这个美好的愿望变为现实，还得去跟老家农业合作社社长和德高望重的长辈们沟通商量，看他们愿不愿意干。

我心急火燎地赶回老家，把我的想法如竹筒倒豆似的一五一十地讲了出来，大家真切地感受到，我在一心一意为家乡办实事、办好事。有道是：踏破铁鞋无觅处，得来全不费工夫。这样送上门的好事，自然谁都不会拒绝。

二

时间一天一天地流逝，赤芍的种植季节很快就要到了，而且总有一种精神在激励着我，总有一双眼睛在注视着我，总有一种力量在鞭策着我，我要为家乡找回曾经的喧嚣与繁华。

百闻不如一见。于是我带上社长和几位长辈到满平的天泰中药材种植基地实地去看一看，这样大家心里更踏实些。

深秋时节，周末的一个下午，我带领他们来到了元山镇兴元村。在满平的引领和介绍下，我们穿行在连片的中药材基地中，煦暖的阳光照得人浑身舒畅；屋头院坝间，挖回的丹参堆积如山；田间地头，民工们正在忙着松土垒箱种植赤芍。我们一行人被那样庞大的种植场面所震撼，同时发出了这样的感叹：国家实施乡村振兴，农村将来大有作为！

说干就干，土地流转是关键。过去土地已经承包到户，现在首要的问题是流转土地。回去之后，社长必须立即组织召开社员大会，统一大家的思想，达成土地流转的共识。

记得那天上午，全社四五十户户主把社长家的院坝挤得满满的，那样的场面只有在集体生产时见到过。社长刚说明开会的意图后，人群中就立刻有人起哄：

“你们流转土地，今后不还给我们怎么办？”

“假如你们亏了，不给土地流转费怎么办？”

“我们是靠土地吃饭，把土地流转给你们，我们怎么办？”

“我宁愿让它荒着，也不流转。”

……

大家你一言，我一语，闹得个昏天黑地，但是大家的担心并不多余，看来一时间思想难以统一。

正当大家闹得不可开交的时候，我说，长辈们、乡亲们，说实在的，我每次回家看到这样大片大片荒芜的土地，心里很不是滋味。过去大家为了争夺一点田边地角，闹得面红耳赤，鸡犬不宁，甚至打捶角逆（方言，打架），今天土地这样撂荒闲置，难道你们不觉得可惜吗？你们把土地流转出来，可以得到几份收入，一是可以获得土地流转费收入，二是今后成立了专业合作社，你们可以到专业合作社来打工，挣得一份工资收入。如果你们以土地流转费入股专业合作社，专业合作社盈利之后，还可以分红，这样就可以得到第三份收入。这样的事情何乐而不为呢？今后如果在发展产业方面遇到资金困难，我们信用社还可以帮助解决呀！

我一吐为快，自觉酣畅淋漓。此时，人群中鸦雀无声，死一般的寂静，仿佛连一根针掉在地上都能听见，大家听得津津有味，意犹未尽，思想的疙瘩渐渐被解开了。

过了很久，终于有人说话了。

“孩子，那么多人都把钱存在你们信用社，都相信你，难道我们自家人还信不过你吗？”三房大爷率先发话了。

“我们社里这条公路就是在他的协调和推动下，按照‘一事一议’的方式修建起来的，而且为了修通这条路，他带头捐款两万元，要不是他，我们还在肩挑背磨呢，难道你们还有什么不放心的吗？”社长发自肺腑地说。

“家乡发展得好与坏，与他没有任何关系。他帮助我们修公路、搞产业，为的是什么呢？完全是为了回报家乡的老百姓，完全是为了家乡这份情！”一向很少说话的旭大爷，道出了他掏心窝子的话。

“我们家王老汉得了重病，不是他给我们解决贷款，连院都入不了，那样早就不在人世了！”“我们家孩子不是信用社的助学贷款支持，哪能上得了什么大学呢？”“我们不是信用社贷款，怎么能住得上新房哟！”……李大娘、赵大婶、杨妹子一个一个说出了她们的心里话，细数着信用社的好处，感激之情溢于言表。

“我愿意把土地流转出来。”一生耕作持家、视土地为命根子的周老五第一个站了出来。

“我儿子在外面打工，土地没有人耕种，荒在那里也可惜，不如把它流转出来。”年过七旬的二叔也表了态。

“我愿意”“我愿意”……

虽然还有个别人在犹豫，但90%的人都愿意将土地流转出来，粗略统计就有土地198亩。

三

听说我们老家要成立种植专业合作社，区工商局派驻我们村的第一书记张成立即找上门来，要主动帮忙办理工商注册登记手续。不久，一个由退休干部、在外务工人员和农村致富带头人等6个股东组成的“红明种植专业合作社”迅速组建了起来，注册资金50万元。特别是长期在外打工、见过世面的人愿意多入股，他们不在乎能分多少红，而在乎家乡能有这样一个产业，将来致富一方百姓。

为了提前找到销路，避免盲目种植出现市场风险，签订购销合同的协调任务又责无旁贷地落到了我的身上。在满平的引荐下，我带着红明种植专业合作社的骨干来到大巴山新天泰药业有限责任公司，双方通过充分沟通协商，预测将来的市场行情，确定了保底收购价格，签订了购销合同，这样就如同给红明种植专业合作社吃了一颗定心丸，以前的顾虑全部打消了。

组织劳力，整理土地，抢抓季节，快速种植。红明种植专业合作社一班人忙里忙外，熬更守夜，摸爬滚打，短短两个月时间，198亩赤芍全部栽植完毕，那时我也终于松了一口气。我老家所在的清溪沟村，破天荒的有了第一家农村专业合作社，而且第一次有了自己的主打产业，后来还被县上命名为“清溪沟村党员精准扶贫示范工程”。我为自己的付出而感到满足。

赤芍栽植完毕，最重要的是管理。种植赤芍有“一栽二管三年收”之说，也就是说赤芍的种植周期为三年。赤芍的管理主要是施窝肥、除草和杀虫。施窝肥比较简单，杀虫用可生碱，最难的是除草，不能使用除草剂，只能靠人工，目的是为了防止农药残留在赤芍里。然而，由于土地多年未耕种，野草疯一般地生长，前面刚刚除掉，不久又长了出来，一茬接着一茬长，显现出生命的顽强。此所谓：野火烧不尽，春风吹又生。两年来，仅除草的费用支出就高达六七万元。农业是弱质产业，没有精细化的管理，是很难盈利的。

四

盼星星盼月亮，盼望老乡奔小康。巴心巴肝地为家乡搞产业，是为了老百姓增收，好心总不能帮倒忙，使贫穷的乡亲“雪上加霜”，我总是隔三岔五地挤时间回去看看。当年年底，红明种植专业合作社在支付民工工资时，有1万元的资金缺口，我介绍他们到当地农商银行去办理产业贷款，最后，因为怕增加财务成本，还是被他们拒绝了，红明种植专业合作社的两个股东凑足了1万元，付清了民工的工资。老社长实话实说：“搞这个赤芍产业，种植专业合作社富了脑袋，老百姓胀了口袋，有的人一年到头在专合社打工可以挣到3000—4000元，有的能挣到5000—6000元，最高可以挣到1万元。”

为了度过头两年没有收入的困境，我建议他们药果套种。去年他们套种了西瓜和菊花，虽然种植西瓜小有盈利，但菊花正开花时恰遇连绵阴雨，后来全部“胎死腹中”，近7万元的投资全部打了水漂，幸好我劝他们买了农业保险，得到了保险公司的赔付，现实给他们上了警醒的一课。为了节省专合社的运营成本，股东之一的周旭主动放弃外出打工，专门负责打理专合社的事务；为了弥补与外出打工的收入差距，他还利用家里的自留山散养了600只乌骨鸡，一年下来可以增收5万元。

最美人间四月天，家乡那片赤芍花开了，漫山遍野的赤芍花争奇斗艳，远看就像整个山坡披上了一件红白相间的外衣，近看如同一片花的海洋，蜜蜂在花间“嗡嗡嘤嘤”地飞舞，行走在田间地头，眼花缭乱，美不胜收，呼吸着赤芍花香，沁人心脾！大批游客前来观光旅游，曾经沉寂一时的山乡变得热闹起来。

作为股东之一的老父亲扳起指头盘算着：要是明年赤芍收成不好，或者卖不到好价钱，就干脆将它留着开花供观赏，发展旅游观光业，同样可以增加收入。

让家乡那片赤芍花常开不谢，记住乡愁，守望幸福，这确实不失为一个好办法。

山还是那座山，但田已经不是那丘田。家乡那片赤芍花，美了山川，富了乡亲。它是美化家乡的一朵花，更是产业振兴的一团火，在不久的将来，巴山大地一定会绽放出乡村振兴的燎原之势。

难忘的肉丝面

家乡的肉丝面一般都是干面条和腊肉丝做成的，因为我的老家离场镇较远，难以买到鲜面和鲜肉。

孩提时代，我经常跟爸爸一起下河去钓鱼，每逢到了中午，总有乡里乡亲请我们去吃饭。在那个吃不饱的年代，能有人请吃饭，不挨饿就算不错了。请我们吃饭的人那么多，不仅是因为爸爸为人厚道，而且因为爸爸是教师。在我们老家，教师是非常受人尊重的。

有一次，家住河边的叔爷请我们到他家里去吃饭，给我们父子俩一人煮了一碗腊肉肉丝面。说实话，那时这样一碗面在我们自己家里也是一种奢望，而当时他们家里的人却吃的是粗粮，碗里很难见米。吃着香喷喷的面条，我突然发现碗里浮出了几条蛀虫，但我还是毫无顾忌地吃完了那碗面。心里想，人家好心好意请我们吃饭，面条生了虫，他们自己都舍不得吃，而留着用来招待客人，不能辜负叔爷家待人的那份真诚和热情。

时光流逝，我渐渐长大，离开家乡到县城去读书，日子也逐渐好过了起来。每个周末回家，星期天中午，妈妈为了犒劳我，都要为我煮一碗腊肉肉丝面解馋，里面放着两颗荷包蛋。吃完那一碗面后，我都要翻山越岭，一路跑过大约60多里山路，三四个小时就到了学校，那样的日子一直持续到我高中毕业。那时妈妈煮的肉丝面的味道，至今还让我回味悠长。

前不久，一位朋友到我老家钓鱼，临近正午时分，妈妈也回到了老家，由于长期没有在老家居住，妈妈只好就地取材，给他煮了一碗腊肉肉丝面，他吃了之后赞不绝口。后来在一次聚餐时，朋友提及此事，回味起妈妈煮的腊肉肉丝面的味道，我都差点流出口水来！

如今，妈妈老了，我们又不在身边，但她总是闲不惯，依然操心忙碌着，充实地过着自己的晚年生活。

我想，总有一天，我要亲手做一碗肉丝面，让她老人家尝尝，尽儿子的一份孝心。因为，她养我小，我养她老。

乡村待召

川东北一带把曾经行走在乡村的剃头匠称为待召。随着城镇化步伐的加快，农村日渐“空心化”，这种乡村待召也在慢慢消失。

为了让这门即将失传的技艺能留下点记忆，借着周末回老家，我去寻找曾经给我们剃头的久违的老待召。

20世纪六七十年代集体生产时，我们村只有他一个待召，全村1000多号人头，全靠他一个人剃，而且每月要给每个人剃一次，所得的报酬是每天8—10分的工分，相当于当时农村一个主要劳动力一天的工价。后来，土地分到了户，就没有集体评工分一说了，只有给谁剃头谁给钱，他每剃一次头得到的报酬是5角，再后来涨到1元。

那时剃头匠的工具就是一把推剪，两把剃刀，一个取耳筒，放在一个小小的工具箱里。工具箱是木质的，跟赤脚医生的药箱大小差不多，剃头匠背在身上，穿梭在乡村的家家户户。给我们小孩剃头很简单，一张又旧又脏的

围布在颈上一围，用推剪几推几推，然后再把皂角，或者洗衣粉、香皂，在头上洗一洗就完事了；给中老年人剃了头，还要刮胡须，掏耳朵，刮眼睛，等等。而且那个时候很多地方都还没有通电，因此也就没有用吹风把头发吹干这个过程了！

进村一打听，小时候给我们剃头的老待召早已过世，他的儿子子承父业，还在附近的场镇靠着剃头为生。

按照老家的人提供的地址，我在附近的场镇找到了他。这个“剃二代”只比我大几岁，而且几乎传承了他父亲所有的技艺。他很骄傲地对我说，在他们这一代人中，像他那样能掌握这些技艺的人已经不多了。

剃头有很多学问。你可别把剃头当作一件简单的事，那里面的东西可多着咧！他说，他曾有一本古书，是专门介绍剃头的，书中仅修面就有“三十六刀”之说，取耳筒是怎么从笋子到竹子的过程……为了找到那种真切实感，我叫他边说边做，自己要亲自体验一下，过把瘾。

他拿出刀子为我修面，起刀一般先从右边太阳穴开始，然后向下刮右脸部，再刮额头，再是从右自左刮后颈部，最后刮左脸部，平常所说的“舒服刀”，就是刮挨着颈部的背部和肩部。

接着，他就为我掏耳朵。掏耳朵是一件舒服的事，因为常有吃饭、做爱、掏耳朵人生“三大快事”之说。他拿出一个沾满灰尘的竹筒，从里面取出五件东西来，有镊子、耳匙、小长刀、小毛刷等常用的几件掏耳工具，他戴着镜子凑近我右耳一看说，堵满了。他先用小长刀刮掉内耳的耳毛，然后用耳匙小心翼翼地在耳内转动，痒痒的，很肉痊的感觉，接着他用镊子夹着，在耳内轻轻摆动，稍微用力拉动，一大块耳结被取了出来，最后再用小毛刷刷掉耳内的脏物和用剃刀剃掉耳郭上的苦毛子，这样一只耳朵算是掏完了，真有如释重负之感，仿佛轻松了一大截。

刮眼睛是最考手艺的，而且一般的剃头匠是不敢做的。刮眼睛不比在头部其他地方刮一道口子那么简单，弄不好会造成眼睛失明的，所以，刮眼睛的剃头匠必须要有真功夫。他拿出一把锈迹斑斑的剃刀，他说是用来刮眼睛的老刀，然后开始磨刀，刀磨好后，他却说那把刀不能将眼睛“清明”，“清明”就是眼睛被刮后更加清澈明亮的意思，最后，只有换上刀片刀为我刮眼睛。最开始他牵着我的眼皮刮上下眼睑，然后刮眼球外面的眼膜，就像蚂蚁在上面蠕动的那种感觉，再后来就是用刀子在眼角轻轻转动，此时我的眼睛酸酸涩涩的，泪水开始慢慢流了出来，一种担心和恐惧顿时涌上心头，只有立即叫停。他说，还有用猪毛从眼角插下去，目的是疏通泪管，刮完一只眼睛一般用时接近20分钟。我说，我只是找找感觉而已，不必那么认真。的确，刮了眼睛，人清爽多了。但是刮眼睛有风险，尝试需谨慎！

剃头有很多讲究。如果要夸赞某个剃头匠，只能说某人手艺好，不能说生意兴隆，否则，别人会不高兴。还有剃胎头和剃死人头的，过去和现在都是要给剃头匠拿利市的。过去剃胎头和剃死人头分别要给12元、24元的利市，现在分别要给120元、240元的利市。剃头时，剃头匠会说一些吉利的话，以赢得主人的欢心。

生活，天天都要过；头，人人都得剃。乡村待召，匠心独运，值得传承和延续！

小街子

川东北大巴山南麓有一座古城名叫古巴州城，古巴州城素有“九井十八街”之称，小街子就是十八街之一。

小街子位于古巴州城的中心地带，呈南北向，街宽不过六七米，全长不到200米，街的南头正对东华宾馆，北头正对老广播局。

小街子街道虽小，但人气很旺。过去曾是古巴州城最繁华的商贸区，白天熙熙攘攘的人流把整个街道挤得水泄不通。时过境迁，小街子仍保留着原有的风貌，狭窄的街道，低矮的瓦房，倾斜的墙壁，微微可见岁月的痕迹，小小的街道浓缩着古巴州城的影子，保留着这座城市的记忆。唯一不同的是，街道两边的树长粗长高了，伸张的枝叶为匆匆过客和休闲的市民遮出了一片阴凉。

街上有川陕省总工会旧址，现在已成为东城司法所的办公地，街道两边有茶馆、理发店、包子店、食品店、小商品店、小作坊等，还有摆地摊卖土烟的小商贩，那里聚集着社会最底层的人，走进小街子可以窥见社会最底层人生活的全貌。

小街子最热闹的是茶馆。街上大大小小的茶馆不下10家，一大早就挤满了形形色色的人，有骑着摩托车而来的近郊农民，也有闲着没事的市民；有男的，也有女的；有年轻力壮的，也有老弱病残。他们要上两元钱一杯的茶，或闭目养神休闲乘凉，或天南地北谈天说地，或打麻将、川牌，或斗地主、诈金花……在那里一坐就是几个小时，甚至一整天，中午随便叫来一个盒饭就打整（方言，凑合之意）一餐，他们就这样消磨着时光，也消磨着自己的人生。听说有一个退休老师，每天骑着摩托车来，打完两圈牌，然后又骑着摩托车回去，他就那样周而复始地打发着

自己的余生。牌桌旁不时还有膀子客（方言，旁观者）看热闹。据说有一次，一个膀子客因为多言，被一个正在桌子上打牌的人臭骂了一顿，两人还差点大动干戈，在众人的劝说下才得以息事，毕竟观牌不语真君子嘛！几个人一起打牌，因为其中一个人出错牌而导致其他人输了钱，从而引发闹剧就是家常便饭的事了……小街子承载着太多太多市井小民的故事。不同阶层的人有不同的生活方式，即使处于社会最底层，他们也在以自己独特的方式寻找着自己的幸福和快乐，这就是生活！

小街子的理发店生意也很火爆。那条街上的理发店至少有五六家，设施相当简陋，一把椅子、一面镜子、一个盆子，就组合成了一个理发店。店里用的洗发水也是最便宜的，一剪一洗不超过20元，剃头匠大多是中老年人，他们不追求能理出个什么发型来，只要剪短不碍眼就算完事了，他们三下五除二，理一个头不会超过20分钟。一般乡下的农民和中老年人光顾得比较多，他们图的就是方便快捷实惠，年轻人去光顾的极少极少。即使这样，一天下来，理发店也能挣到100到200元。

无论是经营小小茶馆，还是经营小小理发店，还有街上的其他小商小贩，他们日复一日都在用自己勤劳的双手创造和改变着自己的生活；无论幸福指数多高多低，他们都很满足，这就是小市民的生活。

入夜，小街子结束了一天的喧嚣，恢复了夜间的宁静，等待的是新一轮太阳的升起。

老家的年俗

我的老家位于大巴山深处一个名叫“大华山”的小山村。那里虽没有华山的险峻和壮美，但气候温和，林茂粮丰。祖辈们吃苦耐劳、与人为善的品质铸就了勤俭纯朴、睦邻友好的乡风民俗。

很多年没有在老家过年了，但老家的年俗我依然记忆犹新。

置办年货

春节临近，为了度过一个欢乐祥和的春节，小山村里家家户户都要置办年货。

在物资紧缺的年代，腊月的逢场天，场镇上到处是熙熙攘攘的人群，狭窄的街道被挤得水泄不通，有买生活日用品的，有买新衣服的，有买水果瓜子的，有买粮食蔬菜的……唯恐手脚慢了拿钱买不到东西，人们把紧日子也过

得有滋有味。辛辛苦苦积攒了一年的收入，在短短的几天内花掉也不足为惜。记得有一年春节前，妈妈上街置办年货，身上仅有的几十元钱不幸被小偷摸走了，妈妈两手空空哭着走回了家。那一年春节，全家人都在闷闷不乐中度过。往事如烟，却激发了我们奋发有为、向贫穷宣战的斗志。

改革开放后，日子一天一天地好了起来，物资也更加充裕了，村上有了超市，商品琳琅满目。人们再也不愁买不到东西，也用不着到场镇上去抢购物品了。家家户户吃、穿、用样样俱全，不少家庭还买了烟花爆竹，为节日平添了一份喜庆。

吃团年饭和年夜饭

老家的团年饭是大年三十（腊月三十）的中午。

这一天上午，家里的男人们还要下地干活，妇女在家里做团年饭。团年的菜，一般的家庭是腊猪肉和鸡肉，腊猪肉要煮猪头肉和尾巴肉，象征一年到头，有头有尾，猪腿加海带炖汤，相对富裕的家庭还有鸭肉和鱼肉，寓意年年有余。团年饭是用大米做的，做团年饭时一般要多舀上几碗米，足够全家人正月初一一整天食用，团年饭只取一部分蒸熟即可。

吃饭前，家里的长辈会携着晚辈们，带上刀头（方言，煮熟了的小方块猪肉）、敬酒、纸钱和香蜡火炮到祖宗的坟前祭拜，表示着节日的美食要让他们先分享，并以此教育晚辈们不要忘本，同时祈求先人保佑后人平平安安，没病没痛。

到了吃饭的时候，一家人热热闹闹围坐在饭桌前，吃着热气腾腾的饭菜，谈天论地，叙旧话新，把酒言欢，其乐融融。这一天，吃饭的时候，饭里不能泡米汤，因为老家有“泡汤要垮秧田”之说，虽然这一说法没有什么依据，但却一直延续着，它印证着人们敬畏自然、趋利避害的心理。

老家的年夜饭通常以醪糟加汤圆为主，象征家庭一年到头团团圆圆，生活甜甜蜜蜜。

除旧贴春联

吃罢团年饭，下午男人们也不下地干活了，而是对屋里屋外、房前屋后来一次彻彻底底的大扫除，清扫飘落的树叶、竹叶和垃圾，然后堆放在一起，点火全部烧掉，化为灰烬用作来年的肥料。

接着就是贴春联。熬好糨糊，然后把事先准备好的春联一张一张地贴在门框上，等待迎接“爆竹一声辞旧岁，桃符万户迎新春”那一刻，好一派祥和喜庆的气氛。

快到太阳下山时，孩子们用稻草或麦草做成火把点燃，到自家的自留地和承包地里，从这头跑到那头，边跑边舞，口中还念念有词道：跳蚤公，跳蚤母，河那边请你过十五，酒也有，肉也有，坐在床上就不走。意思是要赶走地里的土蚕子（一种吃食农作物根部的小虫子），不再让它损害农作物，渴望来年有个好收成。

晚上还要做好个人清洁卫生。洗头、洗澡、洗脚，老家有“三十晚上洗腿，初一出门撞嘴”的说法，寓意来年“有口福”，无论走到哪里都会碰上好吃的，然后再换上干净的内衣和新衣服鞋子，干干净净迎新年。

守 岁

守岁，又称“守岁火”，是我们老家的年俗活动之一。

吃罢年夜饭，一家人围在火塘边，用平时从山上砍回来的柴块和树疙蔸垒成一座尖山，然后点燃，这样火就会越烧越旺。过去我们老家有“腊月三十的火，正月十四的灯”之说，意思是火越旺，灯越亮，来年就会红红火火。

以前没电视的时候，一家人围坐在火塘边，或拉家常，或做针线活，或与同院子的邻居凑在一起打川牌、玩扑克……有了电视后，大家就围坐在一起看春晚，直至新旧年交替的夜半时刻。

当新年的钟声敲响时，便开始放鞭炮和点燃烟花爆竹，随着第一声鞭炮响起，里河两岸，鞭炮的噼啪声，礼炮的轰鸣声，不绝于耳，鲜艳的礼花腾空绽放，五彩斑斓，争奇斗艳，划破整个夜空，照亮山川河流，远山近处鸡鸣犬吠，邪瘟病疫统统被驱走，尔后人们方才安然入睡。

串门走亲戚

正月初一一大早，全家人都穿上了新衣服，标志着一个新的开始。长辈们会拿出事先准备好的红包，给孩子们发压岁钱，寓意辟邪驱鬼，晚辈得到压岁钱这一年就可以平平安安。

吃过早饭，邻里乡亲开始串门，每到一户，热情的主人都会拿出糖果、瓜子来招待客人，手脚麻利的家庭主妇会下厨煮出醪糟汤圆招待客人，大家坐在一起叙旧话新，分享成功的喜悦和节日的快乐。乡里乡亲就在这样你来我往的走动和沟通中加深感情，增进友谊。

串完门之后就是走亲戚。从外面嫁进来的媳妇会携丈夫和孩子，带上礼品回娘家给父母拜年，礼品一般包括腊肉、酒和糖果，娘家至亲有多少户就准备多少份。而这些至亲就要轮流请吃转转饭，一家吃一餐，有的至亲多，要三五天才能够轮完，然后才打道回府。

老家的年节就在这些固有的习俗中年复一年地度过。无论是穷日子，还是富日子，乡亲们都过得有滋有味、有礼有节，因为他们从来没有放弃过希望，他们都是追梦人。

他乡情缘

农信人的“绣花”功夫

——四川省开江县联社金融精准扶贫工作纪实

深秋的大巴山，烟雨蒙蒙，苍翠的山峦在薄薄的雨雾中若隐若现，道路两旁的银杏树叶开始变黄。川东小平原上的万亩田畴，稻谷已经收割，枯黄的稻茬间冒出点点新绿，给空旷的田野平添了一份生机。

走进四川省开江县甘棠镇观音岩村王元奎的家，房前屋后绿树掩映，瓜果飘香，好一个闲适恬静的农家小院。

“信用社这样帮我，如果我再不能富起来，那就真无脸见大家了！”王元奎一边说一边打开房门，晒干的稻谷在屋里堆成了一座小山。

“今年我种了30亩稻子，收了3万斤稻谷。”看到眼前这个瘦削单薄的男子，大家都有点不敢相信。

“你一个人种30亩稻子，是咋种上的？”随行的一个同志不解地问。

“农忙时请人帮忙，农闲时自己施肥锄草。”王元奎答道。

眼前看到的这一幕，就是四川省开江县农村信用社扶贫工作的一个缩影。他们的扶贫工作用“下足绣花功夫”来形容，一点也不为过。

“自国家实施精准扶贫以来，我社已累计投放精准扶贫贷款80218万元。现有扶贫贷款余额为80015万元，比年初净增3321万元。扶贫小额信用贷款占全县金融机构扶贫小额信用贷款的90%。其中：产业扶贫贷款29547万元；项目扶贫贷款2200万元；小额扶贫信用贷款33153万元；新型农业经营主体贷款10184万元；发放扶贫再贷款5000万元。”四川省开江县联社理事长如数家珍。

精准帮扶，在构建机制上下功夫。中国的扶贫工作是举世瞩目的世界性难题。开江县联社充分认识到金融精准扶贫的重要性，并把它作为政治工程、民心工程、发展工程来抓，构建了上下联动，各方协作的运行机制。首先是支部结对共同抓。该联社下辖的7个支部分别与普安镇筒车辅村、回龙镇陈家沟村等7个贫困村支部结对共建，强化支部在扶贫工作中的引领作用。其次是专人派驻专门抓。该联社从机关选派了一名基层经验丰富的同志担任甘棠镇锣鼓堂村第一书记，并从基层抽调一名年轻同志担任观音岩村驻村工作队队员，专抓定点帮扶工作。再则，选准载体全员抓。开展“一村一农信员”和“百名党员干部进村社”活动，选派了34名员工担任村支两委成员或村长助理，机关全员挂联帮扶贫困农户。联社党委一声号令，全体员工迅速投入到脱贫攻坚的伟大实践中。

贴心帮扶，在固化模式上下功夫。在具体帮扶过程中，他们认真分析研究，提出了“三个三”的工作举措。推行“三种模式”。即贫困户自主创业、产业带动、能人带动，构建“支部+贫困户”“支部+农村专业合作社+贫困户”“支部+新型农村经营主体+贫困户”的帮扶模式。在四川东川生态农业有限公司，一栋栋牛舍一字排开，肉牛满圈，变废为宝的沼气点亮了附近的村庄。该公司董事长蔡井轩说，他在开江县联社贷款350万元，加上自有资金，总共投资1500万元，流转土地100亩，建起了肉牛养殖场，今年上半年已出栏肉牛1200头，实现产值800万元，创利120万元，做到贷款按季结息，到期还本，决不失信。谈话间，他脸上洋溢着幸福的微笑，信心满满。来到永兴镇门坎坡村蔡义新家，他正在蛙池旁边忙乎着，准备送一些牛蛙到镇上的餐馆里去，通过和他攀谈得知，当地信用社给他发放贷款10万元，自己总共投入120万元养殖牛蛙，年纯收入可达20—30万元，同时，他还带动该村7户农户养殖牛蛙，增收致富。用好“三个贷款品种”，即精准扶贫小额贷款、央行扶贫再贷款、农户小额信用贷款，降低农户生产经营成本，增强“造血”功能。甘棠信用社采用“扶贫小额信贷+农户小额信贷”模式，充分满足贫困户产业发展的资金需求。先后发放扶贫小额信贷和农户小额信贷各5万元，支持观音岩村王元奎搞生态养殖。坚持“三个结合”，即党建与扶贫相结合、扶贫与服务相结合、面上扶贫与重点帮扶相结合，达到村村有点有机有联络员，户户有档有卡有授信额，基本实现了“日常金融不出户，基础金融不出村，综合金融不出乡（镇）”的普惠金融目标。目前，该县农村信用社共安装ATM机80台、POS机175台，EPOS机202台，聘请金融联络员194名。农村人享受到了同城里人一样的金融服务。

真情帮扶，在提升服务质量上下功夫。真扶贫，扶真贫，以真情换真心。通过深入开展“大学习、大讨论、大调研”活动，培养员工“一懂两爱”（懂农业，爱农民、爱农村）情怀，帮助贫困户寻找致富项目。该联社理事长多次深入挂联贫困户王元奎家，帮助规划河滩养鱼项目，拦河养鱼40亩，今年夏天的一场大暴雨将他的河堤撕开了一个大口子，理事长闻讯后第一时间赶赴现场，帮助指导河堤恢复工作，并私人捐助现金2000元。每每提及此事，王元奎眼含泪花，感激之情溢于言表。同时，通过开展作风专项治理，查找和整改扶贫小额信贷资金使用不精准、户贷企用、转移贷款用途等风险问题，切实做到扶贫小额信贷对象精准、用途精准、额度精准、利率精准、贴息精

准，坚决抵制不正之风和腐败现象。该联社针对辖内某员工在贷款发放过程中的违规行为，公开进行了从严顶格处理，发挥了教育和震慑作用，提升了服务质量，“在农信、爱农信、干农信”的良好氛围已初步形成。

信用帮扶，在优化融资环境上下功夫。他们采取召开坝坝会、入户宣传等方式，将诚信理念根植人心。同时，以普安镇为试点，开展“五好银行”建设，以“家庭美德、社会公德、勤劳致富、卫生习惯、诚实守信”五位一体科学考核百姓家庭，打造美丽诚信乡村。在此基础上，大力开展信用村镇建设，整村推进贫困农户建档立卡、评级授信工作。全县农村信用社共建立贫困户信用档案2.04万户，评级授信2.04万户，授信总额近8亿元，建成信用村

3个。贫困农户在授信额度内随时都可以获得贷款，与取存款一样方便。

智力帮扶，在治穷治愚上下功夫。扶贫先扶智，治穷先治愚。为破解助学贷款被他行抢先的瓶颈，他们主动对接县教科局、5所高完中，加强与学生管理资助中心的沟通协调，并通过纸媒宣传、微信推广等多种方式，加大生源地助学贷款宣传力度。同时，任务下达到网点，考核到人头，以此推动助学贷款发放工作。目前，已发放助学贷款85笔，60万元。该联社监事长帮扶的贫困户王元志之子今年考上大学，准备辍学打工，在监事长的劝说下，他在当地信用社办理助学贷款8000元，终于步入了大学校门。

重点帮扶，在建设幸福美丽乡村上下功夫。农信帮，农民富，乡村美。用好用活扶贫再贷款等财政金融政策。对新型农业经营主体贷款实行利率优惠，促其带动贫困户就业创业，逐步脱贫致富。该联社贷款1900万元支持的宝源白鹅，带动100余户贫困户养殖白鹅，年户均增收8000元。积极有效对接特色农业基地、现代农业产业融合示范园区融资需求。大力支持“稻田+”“果林+”“大闸蟹”等地方特色优势产业发展。该联社向任市镇“大闸蟹”项目发放贷款500万元，年产值达1350万元，利润达150万元；甘棠、靖安信用社向甘棠镇、靖安乡的贫困户发放“稻田+”自营贷款近50笔，共计240万元，从事稻田养鱼、养虾、养蟹。在靖安乡竹溪村，田间搭起了小木屋，道旁植入了农耕文化，你可以捕鱼、捉虾、逮蟹，可以采摘、野炊，可以休闲、观景……共享农庄、李家大院都是游玩的好去处，在那里可以体验乡村生活的味道，找回丢失已久的乡愁。据说那里还要举办一年一度的丰收节，庆贺丰收带来的喜悦。与此同时，他们还持续加大创业贷款和农家乐贷款投放。积极支持“农业+休闲”“农业+旅游”等产业新业态融合发展。该联社投放贷款300万元，支持新太乡生茂源流转土地近2000亩，发展“养殖+观光”农业，贫瘠的土地重新焕发出勃勃生机，呈现出一派幸福美丽乡村的新景象。

定点帮扶，在事无巨细上下功夫。他们把群众的呼声作为工作的第一信号，把群众的需要作为工作的第一行动，把群众的满意作为工作的第一目标。先后帮助观音岩村小学修建球场，添置体育设施，排除危房，支持该村建起了农民夜校，购买了会议桌椅，维修了办公室，种植了经济林木。为贫困户送去鸡仔、育苗等，产成之后帮其销售，助其增收致富。建造“农信井”，让农户饮上安全放心的自来水，解决了村民“饮水难”问题。为观音岩村贫困户近30名女性购买妇女健康保险，防止她们因病返贫。开江联社所做的点点滴滴，早已铭刻在观音岩村村民的心中，农信人用自己忠实的行动绣出了“四川农信——四川人民自己的银行”这块金字招牌!

行走在大巴山的青山绿水之间，到处都是一幅幅幸福美丽乡村的新画卷，给人留下的是“来了不想走，走了还想来”的感觉，不由得使我想起了孟浩然《过故人庄》：“故人具鸡黍，邀我至田家。绿树村边合，青山郭外斜。开轩面场圃，把酒话桑麻。待到重阳日，还来就菊花。”

门坎坡村没有坎

一

这是东川小平原上的一道低矮山梁，它就像一道厚实的门坎，横亘在小平原的边缘。山梁的东头，是村委会所在地；山梁下，村民的房屋，零零星星点缀其间。

门坎坡村因其独特的地势而得名。一进村口，映入眼帘的，是一排排错落有致的川东民居，那是近年来东川县新农村建设的成果。村子的背后是一面大山，山腰间，“打赢脱贫攻坚战 誓让荒山变金山”的巨幅标语，醒目地立在那里。山坡上栽满了油橄榄树，那是县里前几年为打造“中华橄榄园”新植的。这些刚吐新芽、来自全国各地的每棵油橄榄树都有编号。横成行，竖成列，组成了庞大的油橄榄基因库。

门坎坡村过去很穷，那道形似门坎的巨大山梁，就像一道厚重的门，既封闭了外来信息，又阻挡了村里人外出的脚步。这里曾经流行着这样一首歌谣：

好个门坎坡，
一坡两边梭，
后边喝稀饭，
前边敲铁锅。

因为穷，这里经常发生怪事。村民们可以为了蝇头微利，骂架斗殴，反目成仇。

村里住着蔡、刘两户人家，算是村里的大姓。在两家田地的交界处，长着一棵需两人才能合抱的大松树。两家都想打这棵树的主意。蔡家想用这棵树为即将出嫁的女儿做嫁妆，而刘家想把这棵树卖掉为自己成年的儿子娶媳妇。

一天，蔡老头提着斧头去砍树，刘老头发现后站在树下要阻拦，结果蔡老头一斧头砍下去，正好砸在了刘老头的脚上，顿时鲜血直流。这下可惹了大祸，刘家人闻讯赶来，把蔡老头打了一顿。两个家族的人一见，都聚集起来，要为本族人讨个说法。幸好村支书赶到，才避免了一场械斗。从此两家人结怨，虽鸡犬相闻，但老死不相往来，门坎坡村也就成了远近闻名的“刁民村”。

越刁越穷，越穷越封闭。那时，他们省吃俭用，好不容易积攒下一点余钱，却生怕让别人知道，他们不是把钱存放在银行里，而是放在木箱木柜或者米缸里，被老鼠啃咬得千疮百孔的事，时有发生。而一旦纸币残损，他们不知道兑换，又害怕张扬出去，只好一手捏着破烂的纸币，一手捶打自己的脑门。村民们缺钱后，也不知道找银行借贷，而是在亲戚朋友之间拉扯调剂，甚至涉足民间高利贷。在他们看来，到银行借钱是一件丢人的事。

二

改革开放的春风，吹进了门坎坡村，村里人打开了心门，跨出山门，到外面的世界去闯荡。他们挣了钱，在外买了房，安了家，却念念不忘门坎坡老家，他们带回挣下的钱，把原来破旧的老屋修缮一新；远嫁到城里的姑娘，也时不时回到老家，说是来呼吸新鲜空气。这个曾经穷得响叮当的地方，一时间热闹了起来。虽然山还是那座山，梁还是那道梁，但村民们的温饱解决了，民风也变得淳朴起来，处处呈现出一派“生产发展、生活富裕、村容整洁、乡风文明、管理民主”的社会主义新农村景象。

精准扶贫和乡村振兴战略的实施，再一次给门坎坡村带来了千载难逢的发展机遇。这不，门坎坡村开始有大批的劳动力回归，他们不仅带回资金，而且带回技术和信息。他们凭此开始谋划自己新的未来，要让撂荒的土地，重新焕发生机；让杂草丛生的田野，重新充满希望。

“大好的时代已经到来，我们要利用国家的好政策，大干一场！”蔡老汉的儿子蔡新娃就是这样一个有雄心壮志的人。

说起来可怜，当初，蔡老汉一家六口人，连吃饭都成问题，尽管他明白读书的重要，也仅让蔡新娃读完了小学，就回家担负起了养家糊口的重担。许多村民也都这样认为，凭蔡新娃的家境，将来多半会打一辈子光棍。

但蔡新娃的母亲很有眼光，就在他辍学回家不久，她省吃俭用，用节余下来的钱，将蔡新娃送到了永兴镇场口的一家铁器铺去学打铁。

蔡新娃勤快，又善于动脑，一年后，便掌握了打铁技术，然后东挪西借，自己在场口开起了打铁铺。精湛的技术，加上童叟无欺，蔡新娃的生意出奇地好，每天都能挣到六七十元。

蔡新娃不满足，他琢磨着，能否用节余下来的钱，生产一种适合农村收割的小型脱粒机。他买来相关零件，反复试验，竟然成功了，而且获得了国家专利。他将专利以3万元的价格，卖给了县五金厂。后来，镇上搞农业机械示范点，他又相继设计出了电锤、扁挑锤和弹簧锤。20岁不到的蔡新娃，被县上评为“十大杰出青年”。

如此一来，哪里招不来凤凰？倒是他左挑右选，最后相中了邻村一位模样漂亮，读过职高，名叫如意的姑娘。

结婚后的蔡新娃意气风发，他靠打铁积攒下来的50万元，经营起煤炭堆码场，兄妹四人齐上阵，规模不断扩大，加上借来的30万元，凑够了200万，到镇上建起了六楼一底，大约两千多平方米的小产权房。房产经营到底不是他的强项，加之经济下行，销售陷入困境，最终只收回了一百多万元，债主天天找上门来讨债，弄得他家鸡犬不宁，妻子一气之下跑回了娘家。

无奈之下，他把目光投向养殖业。他听说湖北、湖南等地，养殖牛蛙的利润可观，便千里迢迢赶去学习养殖技术。

蔡新娃学成归来，准备甩开膀子大干一场。他从亲戚朋友那里借了一部分资金，又向当地信用社申请了5万元的农户小额信用贷款，搞起了牛蛙养殖。然而现实却重重地敲了他一闷棒。由于不精通牛蛙的防病技术，养殖的30万只牛蛙苗全部死光，投入的数万元，都打了水漂。

但蔡新娃没有绝望。他利用自己学到的技术，仔细观察、琢磨牛蛙的生活习性。有一天，他发现几个放干水的池子，在太阳暴晒下，有近一半的牛蛙活了过来，原来太阳光对牛蛙养殖具有杀菌消毒的作用，蔡新娃高兴极了。“如意，如意，我找到消毒杀菌的办法了！”他一边兴奋地叫着妻子的名字，一边往家里跑。

蔡新娃的付出，有了回报，第二年，他养殖的牛蛙全都卖出了好价钱。小有盈利的他，注册了“聚星农业产业发展有限责任公司”。

三

“理事长，我是门坎坡村的蔡新娃，我在搞养殖业，想扩大规模，需要多贷点款。”接到蔡新娃电话时，我刚送走一个重要客户。

“门坎坡？搞养殖？”我重复了一句。

“对，对，对，就是你们帮扶的那个村。”

“哦——”我长长地应了一声。

老实说，这是我到东川县工作快一年来，接到的第一个农民打来的要求贷款电话，当然不能马虎大意。我当即回复说：“待我抽时间来看看再说。”

不久，我专程来到门坎坡村。5月的太阳，把东川大地烤得滚烫。车子刚开到山下，便看到了一大片养殖基地。车上懂行的人告诉我，那就是门坎坡村的养殖基地。他接着告诉我，听说是东川油橄榄有限责任公司为带动集体经济发展，与门坎坡村联合打造了一个牛蛙、青鳝养殖基地，有个姓蔡的入了20%的股份。

农民们正在忙碌，听说我们要找蔡新娃，一位正露着胳膊干活的大嫂，抬起头，指了指一幢灰不溜秋的青瓦房说："蔡新娃的家就在鱼塘那边。"

我们道了谢，沿着鱼塘塘埂，来到了蔡新娃家门前。只见十几个养殖塘连在一起，蛙鸣不断。

蔡新娃看见我们后，打着赤脚，从池塘边跑了过来。他身材瘦小，长着一张古铜色的脸。"请问你是？"他望我一眼，问道。

"你是蔡新娃吧？"

"嗯呐。"他老实巴交地点了点头。

"你不是要贷款嘛。"

"哦，原来你就是理事长，我实在没有办法才向你求助。"他兴奋地将带泥的双手在衣服上一抹，但伸出一半，又缩了回去。

"这就是你的养殖场？"

"是的。"蔡新娃一下兴奋起来，"我们正在给池塘打围，将原来的纱布网，换成彩钢网，怕蛇和老鼠钻进池子吃牛蛙，或者牛蛙从池子里跳出去跑掉。去年，老鼠把纱布网咬破了，钻进来咬死了不少牛蛙，也跑掉了不少。”

“你一共有多少个池子的牛蛙呢？”

“16个。”

“一年能产多少牛蛙，赚多少钱？”

“如果气候好，一年能产20多吨，按每吨4万元计算，能实现收入80万元，除去成本和人工工资等项开支，可赚30多万元。”

“小康不小康，关键看老乡；造血不造血，主要靠产业。这话说得不假啊！”我感叹着，向蔡新娃竖起了大拇指，“那你的投入一共是多少？”

“租用土地和山林，以及基础设施建设，总共花了接近200万元，这些钱，除了我的积蓄，多是从亲戚朋友处东拼西凑借来的。”蔡新娃毫不隐瞒，“我虽然在信用社贷款5万元，但贷款利息是按时还清了的。”他补充说。

看看这些养殖池，又望望山坡上那成片成片的桑树，我不由得佩服起眼前这个赤脚汉子来。他搞种养业，已形成了产业链，山坡上种植的桑葚可以卖钱，桑叶可以养蚕，蚕沙可以作为牛蛙的饲料，这样可以降低养殖成本，增加收入。

“听说你把你儿子送到农学院学习去了？”

“对呀，光我学还不行，将来他要接我的班呢。不把技术学好，如何发展养殖业？”

我再次向他竖起了大拇指。

“你资金周转如果确实有困难，我们支持你，你直接去找信用社贷款就行了！”

蔡新娃连声说着谢谢。

四

“把爱播撒在希望的田野/让情奔涌成幸福的江河/巴山蜀水回荡农信的歌声/天府大地跳动青春的脉搏……”我打通了信用社王主任的电话，我和他的手机铃声都是《农村信用社社歌》。

“王主任，下午有空吗？我想到门坎坡村养殖基地去。”

“肯定有空，我在门坎坡村等你。”

我想去看看蔡新娃贷款的事落实没有。

到达门坎坡村后，当地信用社的王主任已等候在那里，我一下车，他便迎了过来，蔡新娃更是三步并作两步地跑过来，热情地和我握手。

蔡新娃指着池子里一群群无拘无束欢快畅游的蝌蚪，

向我们讲起了牛蛙的养殖周期，饵料投放，病虫害防治。我听着，频频点头，不住地夸赞他。

看完了整个养殖基地，我向蔡新娃招招手。“你资金周转有困难，向信用社申请贷款没有？”

“理事长，我找了王主任，他答应了，但客户经理却说，我已贷过5万元，不能再贷了。”

“哦？有这回事？”

从门坎坡村回来，想起蔡新娃贷款黄了的事，心里很不是滋味，一到办公室，我马上给他打电话。蔡新娃告诉我说，因为在信用社办不到贷款，他已经在成都找一家银行的朋友，办了一张信用卡，小额资金短缺就用信用卡透支，周转十天半月又存上，方便又不用付利息，只是要经常跑。

从他的语气中，我听得出他欣喜中透出的无奈。

“精准扶贫不能落下一户一人，金融服务不能漏掉一家一户。”见县上各个部门的精准扶贫搞得有声有色，我暗自立下誓言，并决定在门坎坡村开展金融扶贫试点。

我们迅速组成试点工作小组，进驻门坎坡村，入户开展调查走访工作，将每家每户的基本情况、家庭经济状况、产业发展情况、信用程度等逐一登记造册，再根据所掌握的第一手信息资料，会同村社干部开展信用等级评定。

该村的836户常住户，在我们的努力下，都评出了各自的信用等级。根据信用等级，我们对每一家常住户，确定了不同的授信额度，并纳入电子信息系统管理，再把每户的授信额度与他们所持的蜀信卡捆绑，形成“卡贷通”产品。如此一来，农户可以在其授信额度内通过农信社的自助终端获取贷款，减少了贷款申请、调查、审批等诸多环节，大大方便了农户。

蔡新娃是在收到授信额度为20万元的“产业贷”后，打电话给我的，他兴奋地告诉我说：“有了这款信贷产品，再也不用在省城和门坎坡村之间往返奔波了。”

我叮嘱他：“一定要利用好这笔贷款，把产业做大做强。”他爽快地答应了。

有一天，我正和信贷管理部的几个同事商讨信贷扶贫的相关事项，蔡新娃打来了电话，说他到县城来了，想找我说个事。

我怔了一下，让他到我的办公室来。

蔡新娃兴冲冲地赶到了我的办公室，第一句话就说要感谢我，说着从包里掏出一大袋晒干了的桑葚递过来。

“你带礼物干什么？”我没有收。

“理事长，你是不是看不起我们农二哥？”蔡新娃显然生气了，他气鼓鼓地将桑葚往桌上重重一搁。

“蔡新娃，你这样说就不对了。”

"我告诉你，自从有了产业贷款，我又扩大了桑葚种植，今年的收成特别好。不就是一袋桑葚嘛，就是我的一点心意。"见蔡新娃如此说，我只好收下。

蔡新娃坐下来，兴奋地说："我有一个更大的想法，我要以公司加农户的形式，带动门坎坡村村民致富。在门坎坡村发展牛蛙养殖300到500亩，扩大养殖范围，并为养殖户提供种苗和技术服务，等达到一定规模后，还要建加工厂，进行深加工，提高产品的附加值，打造产业链，让全村的老百姓都富起来。"

听了蔡新娃描绘的美好蓝图，我重重地握着他的手，说："我看好你！我听说你们蔡家和刘家不和，你带不带他们致富？"

"当然要带。他们都愿意加入。"

"那就太好了！项目搞起来了没有？"

"已搞了100亩。"

"需要我们提供什么帮助吗？"

"你是财神爷，下一步我们还要搞300亩，肯定要你们提供资金支持。"

"我们是农村信用合作联社，是广大农民的财神爷，你有心带动农民致富，我们肯定支持你！"

"那我就放心了，有了你们的支持，我们门坎坡村以后不会有过不去的坎了。"他抓过我的手，紧紧地握在手里。

扶贫路上结“穷”亲

那是2017年4月24日，我毅然远离故土，来到素有“川东小平原”之称的四川省开江县农信联社工作。当时我的内心同时被喜悦和忧愁所笼罩，喜悦的是自己的能力能够被组织认可，并且给予了我实现人生价值的平台，忧愁的是内部化险摘帽带来的挑战和外部脱贫攻坚带来的压力，那是一本难交的账和难考的答卷。人民是出卷人，干部是答卷人。面对脱贫攻坚这样一个世纪性工程和世界性难题，能否考出好成绩，人们都将拭目以待。

一

2017年5月上旬的一天，我开始了第一次对贫困户的入户走访。我挂联帮扶的贫困户是甘棠镇观音岩村的王元奎。

汽车出县城沿东南方行驶30公里穿过甘棠镇，再沿村道

路行驶两公里，大约40分钟的车程，便到达了观音岩村口。

进村后，穿过平坝，再沿斜坡上行到半山腰，那里有一座观音庙，庙前有3棵直径超过1米的古树，古老的树干刻进了时光的年轮，记录着沧桑的历史，干枯的枝头绽放出了新芽，彰显出生命的顽强。观音岩村大概就是因此而得名吧！

继续上行大约50米，便到达了村支部所在地。放眼望去，山脚下一马平川，万亩田畴星罗棋布，拔节的秧苗零星散落其间，平整的秧田明净如镜，正待栽插，“稻田+大闸蟹、小龙虾”基地一字排开……好一幅山水田园美景。

在村支部，我们见到了县交通局派驻该村的第一书记骆强，眼前这个中年男人，中等个子，身体略显发福，黝黑的脸庞饱经风霜，一看就知道他是一个工作务实的人。

“观音岩村位于甘棠镇东部，距离镇政府所在地5公里，全村面积3.3平方公里，耕地面积1306亩，台地丘陵占三分之二以上，是革命先烈徐彦刚的故乡。村辖6个村民小组，576户，1975人，其中中共党员32人，贫困农户122户，381人。近年来，我们村通过党建引领助推脱贫攻坚，发扬革命先烈艰苦奋斗精神，真抓实干，正逐步改变着贫穷落后面貌……”骆书记如竹筒倒豆似的向我们介绍观音岩村的情况。

观音岩村虽然是一个小村落，然而正是这样一个个小小的村落构成了祖国辽阔的版图。全面小康路上“不漏掉一户、不落下一人”，一大批一大批的人正发出战天斗地

的铮铮誓言，齐心协力向贫困发起宣战。

在骆书记的带领下，我来到了挂联帮扶的贫困户王元奎家。几间破旧的砖瓦房掩映在绿树丛中，院坝边一只母鸡带着一群鸡仔正在觅食，把潮湿的地面踏成了一片烂糟泥；院坝的一角是一些残草断茎，风轻轻一吹，就像当空飞舞的彩练，撒满整个院落，一片狼藉……走近门口一看，三个空荡荡的房间里各躺着一位病人，每个房间分别放着一个便盆，远远就能闻到一股浓烈的尿味，房间里不时传出一阵阵痛苦的呻吟声，像是从地底下发出来的那样沉闷和微弱。

“王元奎、王元奎……”骆书记见王元奎不在家，叉腰八髂（方言，指插着腰，双腿大幅度分开的样子）地站在院坝边，放开嗓子大声武气地喊着。

“喊啥子？”王元奎寻声问道。

“县联社的帮扶干部来了，叫你马上回来。”骆书记直截了当。

正在田间劳作的王元奎三步并作两步气喘吁吁跑了回来，眼前这个五十多岁骨瘦若柴的男人，在生产、生活两副担子的重压之下，看上去要比实际年龄大许多，他上身穿着一件破旧的灰色西装，下身穿着一条蓝色卡其裤子，裤管挽到膝盖上，打着一双赤脚，腿上沾满了稀泥，原来他正在平整秧田，准备栽秧。

他一边招呼来客，一边顺手扯过阶沿上的一条长凳，不知是什么时候，讨厌的母鸡在上面屙了一泡鸡屎，羞得他面红耳赤，嘴里不停地咒骂道："找死的老母鸡、找死的老母鸡！"

一阵忙乎之后，王元奎开始介绍他家的情况：他家共五口人，20年前他带着妻子周美儿在浙江打小工，后来做泥水工，再后来开始小包工，当时发展还很不错，可是好景不长，没多久父亲便因脑溢血瘫痪在床，母亲早年就得了风湿性心脏病和肺气肿，他和妻子不得不回来照顾父母。屋漏偏逢连夜雨，船迟又遇打头风。就在他们回家的第二年，妻子由于脑血栓也瘫痪了。现在儿子在外打工，一家三个病人，一年的医药费都要两万多元，他一个人既要忙地里的庄稼活，又要照顾一家人的生活起居，他把周围荒芜的土地全部种上粮食，一年下来也只能挣到6000—7000元，这样的日子何时才是个头啊！说到这里，王元奎哽咽着，眼眶有些湿润了。

听骆书记讲，他儿子本来找了个对象，相貌俊俏，身材窈窕，在这十里八村的回头率相当高，而且已经在他家里住了很长一段时间，只是没有领证（结婚证）而已，可她看到这个家徒四壁，几个病人卧床不起的光景，感觉穷日子太难熬了，后来一气之下便与同村的几个外出打工的年轻人远走高飞了。

“好一个嫌贫爱富、无情无义的东西！”我心里暗暗为王元奎鸣不平。

“但也请你们放心，无论怎样，都压不垮我！”王元奎很有骨气。

原来，王元奎一家是因病致贫的。“别伤心，现在国家的扶贫政策很好，我又是挂联帮扶你的，从今往后你就是我的亲戚，我们就以兄弟相称，有什么困难我们一起来克服。”我一边安慰王元奎，一边认了他这个穷亲戚。

二

回到单位，我的内心很不平静，入户走访的一幕幕像电影胶片一样一直在脑海里回放，王元奎家的境况实在令人寒心，我极力思考着对这个穷亲戚的帮扶策略。

“治穷先治愚，扶贫先扶志，救贫不救懒。”观音岩村支部旁边的墙壁上写着这样一副标语，道出了扶贫工作的方法和原则，让我眼前赫然一亮。但对于王元奎，说他愚，他却懂养殖技术；说他没志气，他却不为困难所屈服；说他懒，生产生活两副担，里里外外一把抓。愚笨、志短、懒惰三者他都不沾，他需要的是让我们帮助他坚定脱贫致富的信心，帮助他找到脱贫致富的路径。

6月的川东小平原像一个密不透风的天盆，几天时间气温陡然上升了好几度。我顶着骄阳开始了第二次入户走访。既然是走亲戚，总不能空手。我不仅给他送去了米、面、油等生活必需品，而且还从集市上买来了50只鸡仔，想的是通过无偿提供鸡仔让王元奎喂养，长大了我们再回购，使其从中获得的收益能够补贴一些家用。鸡仔从笼子里放出来，个个活蹦乱跳，如同重新找到了归宿，在那只老母鸡的庇护下与原来的那群鸡仔很快合了群，俨然一个和和睦睦的“大家庭”。

“光靠种植粮食只能解决温饱，但最终不能脱贫。”我心里这样想，但还想听听王元奎有什么打算。

原来王元奎早有想法，以前他在浙江打工时学会了养鱼，观音岩村河沟下游是承包户在养鱼，上游还有40亩荒滩地闲着，他想把它流转过来搞拦河养鱼，只是缺乏后援支持而望河兴叹。

王元奎一边指着他栽种的那片绿油油的稻谷，一边带着我们沿着羊肠小道前往那片荒芜的河滩地，清清的河水静静地流淌，下游不时有鱼儿跃出水面，河的两岸是茂密的松林，微风吹过，松涛声声，林中还不时传来几声鸟鸣，好一个静谧幽深的环境！

“不就是荒地流转的事和资金问题吗？”我一眼就看穿了王元奎的心思。

“荒地流转的事，可以找村支部协调解决；资金问题，贫困户可以申请扶贫小额信用贷款，单户最高可以贷5万元，期限3年，期限内享受财政贴息，可以找信用社解决。”听到我说的话，王元奎紧锁的眉头一下舒展开了。

“支持贫困户发展产业才是造血式扶贫，而且他选择的产业很对路，荒地闲置在那里也是一种浪费，能够有人流转是一件好事，我们村上鼎力支持！”骆书记当着大家的面明确表态，并决定以每亩150元的价格将40亩荒滩地流转给了王元奎。

“你可以先找人拿出一个设计方案，夏季暴雨多不利于拦河筑堤，等到枯水季节才搞，资金到了要用的时候才贷。”我建议道。

王元奎点头应许。

没过多久，设计方案出来了。王元奎兴冲冲地跑到我办公室。他摊开设计图纸说：“这个地方水的落差不大，水流趋缓，在这里筑坝用不着下墩浇筑，只需要把堤埂平整压紧，再将内外堤面浇筑一层混凝土就可以了，这样可以大大节省成本。”

“恐怕不行吧！水的冲力太大，容易决堤的，古话说得好，山不跟水斗，更何况一道小小的堤坝呢？”我有些质疑并提醒道，“溢洪道口子开窄了，洪水暴涨时不利于泄洪。”

“我找水管站的技术人员设计的，应该没问题。”王元奎信心百倍。

“不能只考虑成本，而不顾及质量，要做到一劳永逸，不然会前功尽弃，甚至劳命伤财。”

“我知道。”王元奎转身离开了我的办公室。

三

时间一天天过去，转眼就到了冬季。王元奎的拦河筑堤工程开始启动，甘棠信用社主动上门送去了5万元扶贫小额信用贷款。

挖掘机的轰鸣声第一次打破了小山沟里的寂静，一群群飞鸟从丛林中腾空而起，在河滩的上空盘旋，久久不肯离去。我不由得吟诵出陶渊明《归园田居》中的句子来：“羁鸟恋旧林，池鱼思故渊。”经过半个月的开挖、平整、碾压和浇筑，一道长60米、宽3米、高5米的河堤被垒筑了起来。河水慢慢上涨渐渐漫过了溢洪道，又过了半个多月，河堤未出现任何异常。

工程竣工结算下来一共开支了8万元，5万元扶贫小额信用贷款连结付工程款都不够，更不用说购买鱼苗了。可鱼塘建起来了又不可能让它白白空着不投放鱼苗吧！我只好协调甘棠信用社再给王元奎发放信用贷款5万元，以解他的燃眉之急。

有了资金，25000尾鱼苗很快就投放了下去。投下了鱼苗，也就投下了希望。王元奎不分白天黑夜、晴天雨天，割草喂养，满心期盼鱼儿快快长大。

可是，天有不测风云。有时候希望越大，失望也越大。就在2018年7月5日下午，一场特大暴雨袭击了观音岩村，新筑的堤坝果然没有经受住洪水的考验。第二天早上8点，联社党群工作部郑主任给我发来信息说，我帮扶的观音岩村贫困户王元奎的鱼塘决堤了。

“观音岩，王元奎！”我先是一惊！接着又一张图片发了过来。从发来的图片看，损失应该不大。我随即打电话问党群工作部郑主任：“鱼跑了没有？”得到的回答是：“鱼跑了大部分。”

为了得到进一步证实，我又拨通了王元奎的电话，未等我开口，王元奎就说话了：“周老弟，塘里的鱼跑得差不多了，我的天啦，咋办嘛？我不需要你们资助，但要你们帮助……”这个身单影孤的汉子哭声中透着坚强。

“别急！我一会儿来看看。”我一边安慰他，一边驱车前往他家的鱼塘。天空仍下着小雨，泥泞的路面，汽车无法抵达，我们只好步行两公里才能到达。快接近鱼塘，映入眼帘的是，堤坝正中被洪水撕开了一个大口子，洪水正向下游哗哗地流淌……看来损失要比我想象的大得多！

见到王元奎，他穿着一双长筒靴，身上还是那件灰色的旧西装，心情沉重地向我讲述着昨天洪水到来的情景：昨天下午3点，洪水来得太猛了，跟我一起护堤的工友刚从右边跳过来，堤坝中央就决口了，好险哟！我用力想拔开溢水口的柴渣和铁丝网，怎么都拔不开，冲力太大了，要不是这几天我在输液，就下水去拔了……

看着河堤被撕开的口子，我一阵钻心的疼痛。这可是信用社贷款修的呀！要修复河堤还得增加投入，他家里还躺着3个病人，这对于王元奎来说无异于雪上加霜……

“我必须把河堤修复好，把鱼养好，不然我这10万元贷款猴年马月才能还清啊！”王元奎说。

“这纯属是豆腐渣工程，修堤也得讲科学。”正在这时骆书记也赶来了，看到眼前这一幕，他又气又急。

我告诉骆书记，把王元奎家的灾情向县上相关部门报告，争取救灾补助资金，同时找水务局搞好修复规划，联社继续给予支持。我随即从包里掏出2000元现金塞给了王元奎，以安抚他那受伤的心。虽然区区2000元钱解决不了什么大问题，但它代表着我的一片心意，更是给予王元奎的一份力量。

然而，一波未平，一波又起。鱼塘决堤的火气未消，反倒被下游的承包户找上门来。“你家的鱼塘决了堤，我家鱼塘的鱼逆流而上跑到你家鱼塘去了，你说怎么办？”下游的那个承包户，简直就是不讲道理，故意来找碴儿。

“你以为你养的是湟鱼哦！”王元奎讥讽道。

“不管我养的是什么鱼，反正你必须赔偿我的损失。”那女人继续无理取闹。

“老子要和你拼了！”从不惹是生非的王元奎气不打一处来，要和她拼命。

两人扭打在一起，正好被路过的骆书记撞见了，他立即上去使出九牛二虎之力才把他们拉开，然后再跟她将心比己，苦口婆心地讲道理，动之以情。真情换回了良心，温暖融化了她那颗冰凉的心。一场索赔风波终于平息了下来，王元奎的生活重归于平静。

2018年冬天，王元奎靠儿子在外的打工收入和自己东拼西凑，再次对堤坝进行了加宽加固，拓宽了溢洪道，并在溢洪道前加上了两道防护网，前面的粗网拦柴渣，后面的细网防鱼跑。为了弥补他的损失，我四处筹资为其投放鱼苗1万尾，期待他来年有个好收成。

也正是在那个冬天，王元奎瘫痪了近20年的父亲离开了人世，虽然对他父亲来说是一种解脱，对王元奎来说是一种减负，但失去父亲的悲痛却使他又苍老了许多！

四

一花独放不是春。王元奎深知，独门冲产业是经不起折腾的。去年他又在鱼塘边开挖出一块平地，建起了200平方米鸭棚，并与开江县麻鸭养殖公司签订了协议，按照“公司+农户”的模式，搞起了白鸭轮番养殖，鸭苗、饲料和技术由公司提供，自己只出场地和劳力，养殖周期为3—4个月，一年可以养殖3季，每季可以养殖1000—1500只，每养一只成品鸭可以赚到5元，一年下来，他又可以赚到2万元。

为了便于照顾家中的病人和看管鱼塘，王元奎在鱼塘旁的一个僻静处建起了一排新房，把老娘和妻子也搬了过来。春节前，儿子回家过年，而且把从前那个女朋友也带了回来。原来，他儿子到广东打工，凭着自己的一手厨艺应聘了一家餐厅，碰巧他的前女友也在这家餐厅大堂当经理，俩人不期而遇，倍加珍惜缘分。这次回来，他们要堂堂正正地去领证，热热闹闹地办婚礼，邀请四邻八乡的亲朋好友来喝喜酒。就在儿子婚礼那天，王元奎当着众亲友的面，毫不避讳地道出了自己的心愿：在场亲友若相问，只愿来年抱孙孙。一家人团团圆圆，其乐融融，幸福满满。

王元奎还有更多的想法：养鸡、养牛、开发垂钓项目、办农家乐……一幅幸福小康的新画卷正在徐徐展开。

“小康不小康，关键看老乡。”年底国检验收组来到他家，看到他家堆积如山的3万斤稻谷，对于眼前这个瘦削单薄的男子，大家都有点不敢相信。

“你一个人能产3万斤稻谷，是咋种上的？”其中一个同志不解地问。

“农忙时请人帮忙，农闲时自己施肥锄草。”王元奎答道。

国检验收组盘点了一下他家的收入：粮食收入0.7万元，养鱼收入3万元，养鸭收入2万元，家中两个病人的低保收入0.86万元，全年总收入可达6.56万元，人均1.31万元，已经大大超出了脱贫摘帽标准。

“周老弟这样帮我，如果我再不能富起来，那就真无脸见大家了！”王元奎感慨万千。

“人间四月芳菲尽，山寺桃花始盛开。”我再次来到王元奎家，鱼塘边一群白鸭正在觅食，好一幅“春江水暖鸭先知”的图景。长期卧床不起的老娘开始戴着护甲在院坝里来回踱着步，周美儿坐在堂屋的轮椅上欣赏着门外的风景，第一次开口跟我说话打招呼，眼里露出希望的光。

龙形山村那一抹绿

引 子

2015年春节前夕，在外打拼多年的陆伦生回到老家龙形山村祭祖，目睹农村日渐衰落的景象，萌发了回乡创业、振兴乡村、带动老百姓脱贫致富的念头，他不顾家人的反对，在龙形山村建设生态观光农业产业园，虽历经艰难曲折，但赢得了各方支持，终于使杂草丛生的龙形山村披上了绿装，昔日贫穷落后的小山村变成了今日幸福美丽的新农村，迈上了乡村振兴的快车道。

一座古老而传奇的大山

巍峨的大巴山脉一直向南延伸，到了一个丘陵加平原的地方，这里就是素有“川东小平原”之称的开江县。

仲夏时节，我们从开江县城出发朝西北方向行驶，大约半个小时车程，便来到了龙形山脚。

汽车从山脚沿“S”形公路盘旋而上，宛如在描摹一条优美流畅的五线谱；道路两旁的银杏树早已披上了“橄榄”装，如同整齐列队的士兵；山坡上苍劲挺拔的松柏郁郁葱葱，“横看成岭侧成峰，远近高低各不同”；置身于云雾缭绕的丛林中，犹如走进了一个偌大的天然氧吧，迎面扑来的清新空气让人心醉！沿山坡绕行8公里来到龙形山村中心地带的交叉路口，左边的道路通向龙形山，右边的道路通向生茂源生态观光农业产业园，左右两边构成了一个横着的“V”字。千百年来，一代又一代龙形山人就在这样一个“V”字形的山上山下繁衍生息。龙形山山形似龙，故由此而得名。

岁月流逝，时光荏苒。龙形山这个传统而古老的村落却诞生了不少的故事和传说。

龙形山周围有“九锣十砚台”之说。相传龙有九个儿子、十个女儿，“九锣”代表九个儿子，“十砚台”代表十个女儿，龙的周围就是被九个儿子和十个女儿护卫着，寓意长辈至尊，晚辈孝敬的传统美德。

据当地老人讲，龙形山寨地势险要，在土匪横行、称霸一方的年代，曾是川东地区总舵主安营扎寨的地方，山上设有练兵场，练兵场的大小容得下十多辆卡车，练兵场旁边有一口大水缸，水缸旁边立有一块匾牌，上书“天下第一岗”五个大字，龙形山寨有东、西、南、北四大寨门，山寨上还有新庙、老庙、龙洞、磨子石、情侣石等等人文景观，每一处都有一个动人的故事。

在村子的黄连垭口有一棵大树，当地人把它称之为“铁石心肠”。那是一棵有着300多年历史的黄连木，属国家二级保护植物，树干粗壮，树枝婆娑，冠如华盖，远看就像一把大伞稳稳当当地插在黄连垭口，既挡住了一片风雨，又遮出了一片阴凉。据传原来树干旁有一块指路碑，是为了防止过路人迷路而设立的，一边指向新太乡，一边指向沙坝乡，后来随着树干一年一年地生长，指路碑就被它发达的根系缠绕包裹而“吞”进了肚里，所以人们把它叫作“铁石心肠”。

这些精美绝伦的故事和传说，既凝聚着龙形山人民的智慧，又传承着当地的文明，更象征着龙形山人坚定执着、踏实肯干的精神。龙形山以它宽阔博大的胸襟护佑着一方百姓，守卫着人们的幸福和安宁，深厚的文化底蕴为发展乡村旅游奠定了坚实的根基。

一个贫穷而落后的村落

5年前，这个面积达8.7平方公里，农户1050户，人口达3200多人的龙形山村，人均纯收入不到1000元。由于当地老百姓缺乏致富产业，90%的青壮劳动力都外出打工挣钱去了，留下的全是“386199”部队，也就是妇女、儿童和老人。有的举家外出，定居他乡，多年不归，“故乡”这一概念在他们的脑海中已经荡然无存，还有的流落他乡，甚至最后落得个“客死异乡”的遗憾。

村民陶老五早年带着尚未成家的儿子陶寇之南下广东湛江打工，因车祸不幸身亡。后来儿子捧着他的骨灰回到家乡，其妻由于过度悲伤，一病不起，不久也就撒手人寰。陶寇之孤身一人，离乡背井，漂泊谋生。村民李寒民在省外一家建筑工地上打工，为了讨要自己辛辛苦苦挣来的血汗钱而遭老板暴力驱赶，忍气吞声而不敢伸张。纯朴的百姓除了贫穷之外，还多了几分自卑。

2015年2月，回乡祭祖的那一幕幕不时在陆伦生的脑海中浮现，他向我们讲述了当年的情景：他来到祖坟前，齐腰深的茅草一派枯黄，一点即燃，为了避免焚烧纸钱引发山火，他不得不先割去茅草，然后再烧纸、上香、敬酒、叩拜、鸣炮……将虔诚的祭拜方式幻化为对亲人的追思，在他的脑海中早已定格成了固定的模式。

他每次祭拜完毕之后少不了走亲访友，嘘寒问暖，解囊相助。陆伦生首先来到肖启兴家，这个80多岁的老人，儿子在监狱服刑死后，自己就成了孤寡老人，他拄着拐杖，行走相当困难，全靠国家给予的低保金艰难度日。当陆伦生塞给他200元钱时，他激动得热泪盈眶，连声道谢！

然后陆伦生又来到83岁高龄的邓兴玉家。她双目已近失明，房前的土院坝已被丛生的茅草封堵着，老伴刚去世不久，尸骨未寒，余哀未尽，同时被悲伤和凄凉所笼罩。在那样的生存环境下，她孤苦伶仃，无依无靠，即使死在家中，恐怕也无人知晓。在得到陆伦生的救助后，她感激涕零。

贫穷的乡亲最容易满足，也最懂得感恩。在他们眼里，“济贫”和“感恩”就是一对孪生兄弟，也是当地老百姓对“受人点滴之恩，定当涌泉相报”的最好诠释！

站在山头，放眼望去，一座座茅房瓦舍长期在风雨的侵蚀下变得摇摇欲坠，破烂不堪；大片大片的田园荒芜，茅草风一般地生长，青了又黄，黄了又青，真可谓：“野火烧不尽，春风吹又生”。昔日的炊烟不见了，曾经的鸡鸣狗叫声消失了，过去的良田美池被野草侵占了……村里的姑娘全都远嫁他乡，大龄男青年三成以上都打着光棍。看到眼前的一切，陆伦生的心里五味杂陈，很不是滋味。

一个大胆而冒险的决定

回到家里，陆伦生的心里怎么也无法平静，看到家乡贫穷落后的状况，看到乡亲们期盼的眼神，看到亲友们得到救助后的感激之情……这一切敲打着他的心扉，拷问着他的良知，他总觉得自己应该为家乡做点什么。那一夜，他失眠了。

然而，出身贫寒的陆伦生也有着鲜为人知的坎坷经历：

1969年，他出生在龙形山村五社，家里有祖母、父母和四姊妹，他在兄弟姐妹中排行老二。1990年他从达州农广校毕业，当时就有了自己创业的冲动，他自愿放弃了分配到畜牧部门的工作，搞起了代销化肥、饲料的小本经营。在那个时候，能够谋求一份固定职业是一件很不容易的事，更何况是国家在编干部，选择主动放弃还是需要决心和胆量的。

1995年11月，他投亲靠友来到西藏武警农场，种菜、养猪、卖菜、开小吃店，样样都干，到头来不仅没有赚到钱，而且还倒亏了12万元。

1997年，他又来到海拔5300米的唐古拉山修路，由于为人耿直，做事踏实，深得老板的赏识。1998年，他从老家带了20多人到西藏，正准备承包工程大干一场，可不幸的是原老板病逝而失去了依靠。失去依靠就等同于失业，他只有四处奔波求职谋生，可又处处碰壁受阻。冬季的拉萨难以找到活干，万般无奈之下，他只有靠租借三轮车来挣钱勉强维持一行人的生活，可就在骑三轮车挣钱的过程中又多次遇到被撞、挨打等麻烦事，一气之下不得不放弃。那个漫长而寒冷的冬季给他留下了终生难忘的记忆。

后来，他又通过多方努力谋得了一个帮助别人打理预制板厂的差事，倒还稍有盈利，直至2001年刚刚还清债务的时候，妻子又得了癌症，偏偏在那个时候办预制板厂的老板又要转厂离开西藏，可自己又没有实力接手而再次失业。看到他艰难的处境，好心人将他介绍到东为有色金属集团公司做小工。他暗自发誓：干矿就要懂矿，懂矿就要学矿，成为地质学方面的行家里手。为了学地质，他给公司的地质专家当起了“马夫”，而且还争取到了去成都理工大学进修的机会，并取得了地质工程师资格。

为了给妻子治病，他白天打钻，晚上出渣，不分白天黑夜地干，拼命地挣钱，可是天不从人愿，妻子的病越来越严重，在妻子的再三恳求下，他把妻子送回了老家。

看到家里穷困的景象，妻子多次催促他回公司挣钱以维持一家生计，可他就是不肯，他要陪伴她走完生命的最后时刻，给她弥留之际的温存，最后她只有使出“一哭二闹三上吊”的看家本事，吊喉抹颈跳堰塘，这个柔情似水的汉子最终招架不住，不得不离开她回到公司。

2004年8月，他的妻子还是去世了。临终前，她留下了长达十多页的遗书，诉说他们恩爱的夫妻之情，为的是避免她死后娘家找话说。妻子下葬之后，他才得知妻子病逝的消息，远在西藏的他悲痛万分！好心的老板得知后，前来安慰他，并邀请他加入东为集团公司，许诺给他6000元的月薪。2005—2006年，他的足迹走遍了唐古拉山方圆500平方公里，锁定了6个矿权，东为有色金属集团公司的资产也由原来的800万猛增到4个亿，为了奖励他，集团公司决定给他奖励现金30万元。幸福往往来得那么突然，就在那个时候，经同学介绍，他认识了现在的妻子，并重新组建了新家，再次找回了家的温暖，精神上得到了抚慰，渐渐走出了丧妻的阴霾，增添了工作的动力。

2008年，东为集团公司决定，谁能将3台6立方米的开山空压机搬到垂直落差300米高的山顶上，谁就可以获得承包公司矿山开采利润分成的权利。他主动请缨，想尽一切办法，把钢管铺设在地面上作滑道，在机械底盘上焊接上槽钢，然后卡在滑道上，用钢丝加轱辘，一个平台一个平台地往上拉，终于在20天内圆满完成了任务，并获得了两个矿的开采利润分成权。2010—2012年是他财富积累的黄金时期，短短两年时间，他个人积蓄达数千万元，随即在重庆买了房安了家。

人们常说，人有三贫三富，瓦有七翻七覆。正当他生意兴隆、风光无限的时候，在高额利润的诱惑下，他加速扩大生产规模，可矿价却断崖式下跌，不到3年时间就亏掉了5000多万元，2015年他不得不退出开矿业。

曲折的人生经历不仅磨炼了他坚韧顽强的意志，而且铸就了他有情怀、有担当的品格。

“土地刚承包到户的时候，龙形山村的家家户户耕种自己的一亩三分地，不仅能吃饱穿暖，而且还略有节余，如今大片大片的田园荒芜，真是太可惜了！”他的心如针扎一般。

“如果把土地集中耕作，办成家庭农场，把农场当作小家庭管理，采用现代化耕作模式，这样不仅节省劳力，而且盈利的空间更大。”他心里盘算着。

“以家庭农场模式，发展种植业、养殖业，以产业带动旅游，走‘产业+旅游’观光农业的路子。”他进一步推测，一个大胆的设想从他的脑海里跳了出来：流转土地2100亩，其中，建果园600亩，建牧草青贮饲料基地800亩，建高标准粮油基地600亩，建牛场、水塘100亩，预计总投资3000万元。

听说他要回乡创业，儿子第一个站出来反对："你辛辛苦苦挣来的血汗钱，不如用来在重庆买商铺，开书吧，这样不但没有任何风险，而且还包赚不赔，你投资农业，亏了咋办？"

"自己清静的日子过不来，非得要自找麻烦，要是弄得个倾家荡产，今后的日子怎么过呢？"胆小怕事的妻子对他的决定深感担忧。

"搞农业风险大，你要谨慎为之。"好心人劝他。

"搞农业不是那么容易赚钱的，我看他一锄能挖出个金娃娃。"一些人在背后指指点点。

面对反对、劝阻和闲言碎语，陆伦生全然不顾，并夸下"海口"：我就不信邪，搞农业不赚钱？自己有房有车，吃穿不愁，只要能做自己想做的事，哪怕就是亏了，也无所谓。他要做第一个吃螃蟹的人！

他向妻子书面承诺：即使今后失败了，也不让她承担任何债务。

为了乡村振兴，带动老百姓致富，他要甩开膀子大干一场，把沉睡的荒山唤醒，让荒芜的土地重新焕发出生机。

一条艰辛而曲折的路子

说干就干，干就干成。然而奋斗的道路不会一帆风顺，往往荆棘丛生，充满坎坷，强者总是从挫折中不断奋起，永不气馁。

一开始流转土地就遇到了麻烦。虽然大部分老百姓的思想通泰（方言，思想开通，明白事理之意），可仍有一小部分人认为，失去了土地就等于失去了生存的根基。无论怎么做工作，他们都油盐不进（方言，听不进去），土地宁愿撂荒也不愿流转。后来他不得不将这部分人的土地暂时搁置，等他们想通了再说。更让人难以理解的是，陆伦生为了建制液存贮池，需要与邻近农户调换18丈土地，可是无论怎么做工作邻近农户都不肯，用现金补偿也不行，最后只有落到“打落牙齿连血吞”的地步，用超过三倍的土地跟别人做交换。可他们又有谁曾想到，一旦这个地方有了产业，他们就有了就近打工就业的机会呢？这或许就是普通百姓的人性弱点吧！

土地流转之后，陆伦生亲自披挂上阵，四台挖掘机、六辆卡车在龙形山的坎上坎下来回奔腾轰鸣，700多个日日夜夜，风里来，雨里去，他渐渐变成了一个“黑泥鳅”，2000亩土地全部按机械化耕作模式的需要整理成型，匀称的线条把大片大片的坡地勾勒得方方正正，轮廓分明，牛场的地基也从坚硬的岩石中千锤万凿开辟了出来。在整理出来的土地上，他种上了粑粑柑和丑柑，可是半年之后，他却发现那里的土质不适宜粑粑柑和丑柑生长。经过一番冷静思考，他决定外出取经和请省农科院的专家前来指导。通过考察论证，证明他的判断是正确的，他不得不忍痛割爱，挖掉已经种植的粑粑柑和丑柑，重新种上桃树和李树。这样一折腾，给他带来的直接损失就高达一百多万元。他交了园区建设以来的第一笔“学费”。可见，干成一项事业，充分调研，反复论证是何等地重要啊！

后来，交通又成了制约产业发展的瓶颈。以前上山的道路十分狭窄，最宽处只有3.5米，大型车辆无法通行，加之天然气管道已提前布放，即使公路加宽，个别地方也必须绕行，要把酒糟和牧草运进养殖场无疑会大大增加成本。一方面他积极向县级相关部门申请公路加宽改道，另一方面在果园内种植牧草自产自销。这样一来，就巧妙地解决了养殖场饲料短缺的问题。他自己算了一笔账：自产自销1吨牧草可节省成本300元，喂养出栏1头母牛可节省成本2000元。一年下来，可节约成本近100万元。现实的这一逼，逼出了智慧，逼出了效益！

然而对陆伦生来说，他面临的最大困难还是资金短缺。当初预计总投资3000万元，自己东拼西凑也只凑够了1300万元，随着工程的逐步推进，自筹资金已经所剩无几了，要继续推进下去，还差资金1700万元从何而来，成为了他的一块心病。农业周期长，没有3—5年的时间是不可能见到成效的，农业又是弱质产业，搞不好就会亏本，风险性极大，明摆着是个坑，谁都不会往里面跳。引进股东，没有人愿意合作；民间融资，难以承受高额的融资成本；找银行贷款，又缺少担保抵押……难道自己走进了一个死胡同？陆伦生心里想。

“当初不听劝，自己那么多钱，现在全都陷了进去，活该！”好心人“诅咒”他。

“当初雄赳赳气昂昂，现在如何呢？还不如我们这些打工的。”旁人讥讽他。

回到家里，屡遭白眼，儿子不搭理他。

这一切陆伦生只能默默地承受着而无处倾诉。

这时候，幸好通情达理的妻子心平气和地安慰他：“困难是暂时的，没有过不去的坎，挺一挺就过去了！”妻子的鼓励让他重拾了信心。

一股乡村振兴的强大合力

正在陆伦生一筹莫展之际，中央传来了利好的消息。2017年10月，习近平总书记在党的十九大报告中提出了实施乡村振兴战略。2018年1月2日国务院公布了2018年中央一号文件，即《中共中央国务院关于实施乡村振兴战略的意见》，接着，省、市、县也相继出台了一系列关于实施乡村振兴战略的政策和文件。陆伦生欣喜如狂，认为自己当初的选择还是十分正确的，而且干成一番事业的机会来了！

果然没过多久，市委主要领导亲临园区，明确表示政府要加大投资力度，将生茂源生态观光农业产业园打造成以肉牛养殖为基础，种养循环的省级农业示范园区、国家级家庭农场。县委、县政府领导现场指导，亲自规划，县级相关部门密切配合，通力协作，形成了助推乡村振兴的强大合力。

县委书记罗建连续两年春节后上班的第一天，就带领县级相关部门负责人，来到生茂源农业发展有限责任公司调研，帮助解决发展中的具体困难和问题，协调整合各类奖补资金，用于牛场改建，并对园区未来的发展提出可行性建议。即使在2020春节疫情防控的关键时期，他仍心系园区，实地察看疫情防控情况，指导复工复产工作，并提出了“建高标准示范园区，创一流生态农业品牌”的要求。

县长周建平先后两次组织召开县级相关部门负责人参加的专题会，现场办公协调解决园区产业道、观光道、地下管网等基础设施建设所遇到的麻烦，并提出了打造种、养、加、旅全产业链的构想。

开江农信联社在得知陆伦生遇到资金瓶颈后，第一时间来到园区为其建档立卡，评级授信，并量身定做了最高额循环贷，为其综合授信500万元，第一笔300万元信用贷款很快发放了出去。在其肉牛补栏遇到流动资金紧缺时，开江农信联社理事长带领班子成员现场摸底调查，核实情况后出手相助，解决流动资金贷款200万元，农信社的作用得到了充分彰显。久旱逢甘霖，普降的金融“及时雨”，使干涸的土地重新获得了生机。

紧接着，县水务局的同志来了，帮助解决园区水源问题；县移民局的同志来了，帮助建成观光道9公里；县交运局的同志来了，帮助建成产业道10公里；县农村农业局的同志来了，帮助建设高效节水管网；县畜牧服务中心的同志来了，实施资源化利用项目，帮助建设糟液下地管网和田间存贮池；县以工代赈办的同志也来了，帮助建成产业便道3公里……众人拾柴火焰高，众人推石石上坎。生茂源生态观光农业产业园的基础设施建设如火如荼，日臻完善。

一项政策，一种温暖；一次帮助，一种动力。陆伦生不仅心里踏实了，而且越干越有劲头。

一个幸福而美丽的乡村

开江县生茂源农业发展有限责任公司成立3年来，已完成全部投资，建成果园700亩，其中：桃园600亩，有油

桃、中桃红玉、黄金蜜四号、白如玉白桃、中桃九号、乌桃、蟠桃等7个不同月份成熟的品种，今年试挂果，可产桃10万斤，产值可达50万元；建成牧草青贮基地600亩，年产牧草2400吨，产值可达140万元；建成肉牛养殖场24亩，养牛422头，年收入可达120万元；种植优质水稻100亩，年产稻谷7—8万斤，产值可达40—50万元。今年园区就能够实现收支平衡，明年就可以盈利了。在生茂源农业发展有限责任公司的带动下，龙形山村人均收入达1.3万元，已成功退出贫困村序列，迈上了乡村振兴的快车道。

夕阳西下，站在园区观光亭极目远眺，漫山遍野的桃树、李树一片葱茏，成片的青贮玉米似箭杆一样笔直挺立，一块块青青牧草显得更加亮眼，零星散落其间的优质稻田，秧苗已经封行，密如蛛网的产业道、观光道四通八达，曾经破败的茅房瓦舍已经被粉墙碧瓦所取代……杂草从生的龙形山披上了绿装。

走进桃园，已近成熟红色的中桃九号挂满枝头，三三两两的农民工正在园区忙着除草施肥，三五成群的游客品尝着自己采摘的桃子，不时发出由衷的赞叹：真脆真甜！

种下梧桐树，引得凤凰来。据陆伦生讲，如今生茂源生态农业观光园已经能够吸纳长期用工30—40人，年收入均在2万元左右，全部是本村的返乡农民工，年临时用工量达3000—4000人。长期漂泊流浪的陶寇之在外学到了一门果林种植技术，也来到了他的园区搞管理，而且在通过电商平台销售水果的过程中结识了一个洋小姐，娶回了个洋媳妇，从此不再孤独寂寞，一时间成为了龙形山村的一大“新闻”。曾经在流转、调换土地过程中刁难过他的村民和邻居也在园区谋得了一份职业，他们想通过尽心尽力的劳作弥补内心的愧疚！农村客运“村村通”开进了龙形山，一批批游客接踵而至，他们登龙形山寨览历史古迹，游黄连垭口观“铁石心肠”，进生茂源农业产业园观光采摘，到牧草基地露营夜宿……小山村又恢复了昔日的热闹。

这时从不远处的山旮旯里飘来一阵歌声：锣鼓那个溜溜/敲着哥哥怦怦的心/篝火那个溜溜/映着二姐红红的脸/溜溜的歌儿唱起来/溜溜的舞儿跳起来/二姐哥哥把手牵哟/幸福生活蜜蜜儿甜/……歌声是那么悦耳动听，唱出了龙形山村人的心声。

尾 声

乡村振兴的大幕刚刚开启，陆伦生的“产业梦”才刚刚起步，他要通过生茂源农业发展有限责任公司带动龙形山村周边的两个村建成“万亩桃李梨产业基地”，走“公司+农户”的路子，助农增收致富，一幅乡村振兴的新画卷正在徐徐展开。

扶贫小事

岁末的一个周日，在一次同学聚会时，我偶然认识了他。他，就是地税局干部董锦虎。

他个子不高，瘦削的身材，留着浅平头，鼻梁上架着一副眼镜，给人一种干练和斯文的感觉。

听同学讲，几年前他得过直肠癌，手术过后恢复得很好。从表面上看，很难把他与患了癌症的病人联系起来，可能跟他乐观开朗的性格有关吧！

谈话间，他留给我最深的印象是幽默、风趣、健谈，很有亲和力，是一个值得交往的耿直朋友。

席间，大家聊到了当前最热门的话题——扶贫工作验收。

“扶贫工作要用真心！”心直口快的他接过话题。接着，他向我们讲述了他的扶贫故事。

他挂包了3户贫困户，几个月前，他买了6头架子猪，每头重约60—70斤，在一个阴雨绵绵的下午，他用一辆皮卡车将买来的架子猪拉到了贫困户的家中，放进猪圈里，结果猪不进食了，原以为买来的猪水土不服，便将其与贫困户家中自己养的猪混放在一起，后来贫困户家中的猪也不吃东西了，无奈之下，只好请乡畜牧站的兽医来诊断，原来由于买来的猪淋了雨感冒了，而且将贫困户家中的猪也传染上了……

“只有请乡上最好的兽医去医治了！”他横下一条心。由于他身体不好，每天要吃药打针，不能待在那里，只好委托村干部办理。然后，他添加了被委托的村干部的微信。

就这样，每天乡上的兽医去治疗，每次治疗结束村干部便将治疗的医药费告诉他，他又用发微信红包的方式将医药费转给村干部代为支付，一直持续了9天，猪的病终于治好了，他才长长地舒了一口气，结果花去了治疗费4600多元。

“我挂包了3户贫困户，自己总共投入了两万多元，我才不做表面工作。无论哪一级去检查，他们都会说，地税局那个董科长很不错！他们都会为我点赞！”他骄傲地说。

除此之外，贫困户家中缺少种子、化肥、农药，他第一时间送去；他还把贫困户家中的富裕劳动力介绍到城里的工地上去看工地、打小工，帮助他们增加家庭收入；

为贫困户家中的子女进城读书联系学校，帮助解决“上学难”问题……一桩桩、一件件扶贫小事，他如数家珍，娓娓道来，真是想贫困户之所想，急贫困户之所急，解贫困户之所难！

他坦言道：“区委书记叫我去作报告，被我谢绝了，我们今天能过上幸福美好的生活，自己多付出一点又算得上什么呢？”他只愿默默无闻地奉献。

真心换来真情，扶贫结穷亲。“贫困户脱贫了，哪怕再远，他们都会提着自己家里的鸡和鸡蛋进城来感谢我。”

“我为扶贫工作的付出，值！”他发自肺腑地说。

看得出来，为了扶贫工作，他是那么无怨无悔。

驻社蹲点日记

夜宿回龙镇

2018年9月17日 星期一 雨

按照联社党委的安排，今天下午我放下手头的一切工作，来到了回龙信用社驻社蹲点，督导旺季业务工作。

回龙镇距县城15公里，20分钟的车程，人口1.9万，正处于工业经济向农业经济的转型期。

下午我们与回龙镇政府领导进行了充分沟通。我表达了联社驻社蹲点的目的、工作内容及想法，诚心征求当地政府的工作意见和建议。回龙镇镇长介绍了回龙镇的基本情况，工业、农业及农村产业发展情况，提出了当地信用社应加强与政府沟通联系的建议，并表明了大力支持农信社工作的态度。

既来之，则安之。晚上我推掉了县城朋友的邀请，安心在信用社住了下来，帮助信用社员工值班守护，让他们回家团聚！

晚饭后我与信用社主任促膝谈心，了解其工作和生活情况，传授强化内部管理的经验，教他如何带好队伍，增强其工作的信心和决心。

入夜，回龙镇没有街灯，乡镇的夜万籁俱寂，只有墙角的蟋蟀发出的唧唧叫声，偶尔有货车经过给地面带来微微的振动……难得的宁静！

今夜，我会安然入梦！

走访专合社

2018年9月18日　星期二　雨

绵绵秋雨滴滴答答下个不停，汽车沿着蜿蜒曲折的山路行驶到鸡冠石山的半山腰，这里就是龙氏养殖专业合作社养鸡场所在地。

几座偌大的鸡舍散落在山腰间，一群群跑山鸡正在附近的山坡上觅食，放眼望去，漫山遍野都是已经栽植一年的炬炬柑。据龙氏养殖专业合作社理事长龙爱民讲，那些鸡舍是他租用老百姓的民房建起来的，租期30年，民房是老百姓在城里买了房，或者搬到聚居点后留下的，他在鸡冠石山流转土地347亩，种植了炬炬柑，两年之后才能挂果，散养跑山鸡一万多只，覆盖山地面积1000亩，年出售跑山鸡两万余只，年实现产值200余万元，创利30余万元。他还带我们去参观了山腰间的四个山洞，每个山洞深1000—3000米不等，洞中冬暖夏凉，如同四个保鲜库。他说，他还有更大的想法，待果树成林后，还要在山上养野鸡、香猪，办农家乐，建乡村民宿……目前，还需流动资金50万元。

在开江县陈家沟村村部所在地，村主任桂缝能指着对面的山坡说，那是北京金密源农产品有限责任公司开江分公司种植的500亩中华红油桃，明年就能挂果，尔后，还将扩大到1000亩。满山的中华红油桃在秋雨的滋润下，显得苍翠欲滴。

来到开江县家兴家庭农场，幽静的山坳间建有一排猪舍，圈存仔猪50余头，猪舍后面是两个鱼塘。据该农场主何卓林讲，他主要养猪、养鱼和养牛，目前养牛26头，在信用社有贷款5万元，生猪补栏尚差资金20万元，他找了其他银行和保险公司，均未得到解决。他深有感触地说："说一千，道一万，业务还是到信用社办，信用社才是农民自己的银行。"

乐园村银杏种植专业合作社是以顾永海等人为大股东的专合社，现有社员104人，分别以资金、技术和土地入股，种植银杏500亩，已经投入200万元，目前银杏叶收入14万元，即将进入深加工阶段，提取黄酮素。林下种植老虎姜，三年产老虎姜50吨，可实现收入50万元。

赵家坪村海海家庭农场桂承海种植葛根200亩，在信用社贷款34.9万元，欠息5万元。我们到他家宣讲信贷政策，并对逾期贷款进行了催收，桂承海家属表示，年底前一定结清贷款利息。

此次共走访专合社5家，收集有贷款意向的两家，金额70万元，承诺偿还贷款利息一户，金额5万元。

召开银政座谈会

2018年9月19日　星期三　晴

连绵秋雨终于停住了脚步，太阳露出了灿烂的笑脸，气温一下回升了好几度，秋老虎使出吃奶的力气发着余威。

上午10点，回龙镇银政座谈会在回龙镇政府召开。开江联社主要领导、回龙镇党政主要领导、回龙信用社主任、回龙镇各村支部书记齐聚一堂，共商金融精准扶贫、助力乡村振兴、优化诚信环境等大计。

该镇副镇长李忠旺组织学习了县委办《关于扶贫小额信用贷款中存在问题的整改通知》，并要求各村支部积极支持农村信用社工作。回龙信用社主任阳如立对农村信用社信贷产品作了宣讲。各村支部书记分别作了发言，他们对开江联社开展驻社蹲点活动高度赞赏。省人大代表、锁口庙村支部书记何成美说：“驻社蹲点很接地气，小额农贷有助于农村经济发展，农村信用社才是老百姓自己的银行。”大家纷纷表示，积极协助农村信用社组织存款、营销贷款和清收不良贷款。

回龙镇党委书记李亚军首先对开江联社驻社蹲点、服务乡镇经济发展的做法表示感谢。他说，不懂得金融工作，就抓不好经济工作，要求大家加强对金融工作的认识。他指出，金融是经济的核心，信用社是地方经济发展的坚强后盾，脱贫攻坚、乡村振兴都离不开农村信用社支持，各村支部书记要做好信贷政策宣传，加强诚信体系建设，协助农村信用社清收不良贷款。他强调，要突出“三个重点”，即：村级风控小组要发挥好作用，防范扶贫小额信贷风险；下大力气支持农村产业发展；加强银政合作。

我在发言时向大家介绍了联社开展驻社蹲点活动的目的、工作内容和要求，指出了过去基层信用社存在与乡镇政府汇报沟通不够的问题。同时，提出了希望和要求。一要构建“三个新型关系”，即：密不可分的鱼水关系、相互依存的唇齿关系、水乳交融的伙伴关系；二要建设“三大银行”，即：合规银行、智慧银行、主力军银行（支持“三农”发展的主力军银行、支持地方经济发展的地方金融主力军银行、普惠金融主力军银行）；三要加强“三大合作”，即：银政合作、银企合作、银政企合作。

其间，还委托各村支部书记代发《到逾期贷款催收通知书》1173份。

正午时分，太阳当空，大家会下交流的热情未减，银政携手，一定能描绘出幸福美丽乡村的新画卷。

谈心交心聚人心

2018年10月15日 星期一 晴

基层员工究竟在想什么、干什么？怎样才能将他们的心凝聚到一起？如何才能充分调动大家的积极性，形成破难求变的磅礴力量？这是我一直思考的问题。

沐浴秋阳，寻找答案。今天下午，我带着这些问题来到回龙信用社，与回龙信用社员工逐一进行了谈心交心。

员工思想上存在哪些困惑？“为什么回龙信用社业务发展缓慢？”回龙信用社主任道出了自己目前最大的困惑，一方面历史包袱较重，另一方面，职工的责任意识和主人翁意识不强，是制约回龙信用社业务发展的根本原因。信用社客户经理曾某认为，过去违规放贷给信用社带来了较大的负面影响，相关人员的责任追究不到位，虽然做了大量的工作，但收效甚微……历史的教训极其深刻，值得大家警醒。

员工工作上面临哪些困境？该社主任自我感觉到，自己在调动职工工作积极性方面还缺少办法和措施。客户经理则认为，自己面对错综复杂、千丝万缕的不良贷款，在清收处置的过程中显得有些束手无策。

员工生活上遇到哪些困难？家家都有一本难念的经。该社个别职工家属没有工作，家庭经济条件较差；个别职工是单亲家庭，孩子的教育管理存在困难；个别职工夜间值班守护有困难……这一系列的问题，值得我们管理层思考和研究，可否探索远程值守和柜员统一调配的模式来加以解决。

员工有哪些意见和建议？他们认为，应加大原贷款经办人员的责任清收和责任追究力度；加强对员工的危机意识教育。近一年来，通过市场乱象整治和合规文化建设，联社发生了很大变化，建议继续坚持规范经营，推动信用社步入良性发展的快车道。这些意见和建议都提得十分中肯。

当然基层信用社还普遍存在学习不够、办法不多、作风不实、干劲不足、忧患意识不强等诸多突出问题，需要我们采取切实可行的办法加以解决。

谈心交心，凝聚人心。该社员工表示，他们将在联社党委的领导下，凝心聚力，破难求变，发扬女娲补天、精卫填海、愚公移山、勇于亮剑的精神，脚踏实地，真抓实干，努力改变落后面貌，创造出开江农信新辉煌！

列席支部大会

2018年10月16日　星期二　晴

围绕经营抓党建，抓好党建促发展。如何通过强化党建引领，改善信用社业务经营，是我一直关心的问题。

金秋送爽，丹桂飘香。10月16日上午，我列席了中共开江县农村信用合作联社委员会回龙党支部召开的支部大会，通过学习讨论，发出了向年度目标任务冲刺的动员令。

回龙党支部书记阳如立首先就“围绕经营抓党建，抓好党建促发展”作主题发言，并领学了人民日报文章《带头撸起袖子加油干》。然后，回龙片区各机构负责人分别汇报目前任务差距和今年后两个多月的工作打算。辖内党员代表和客户经理分别作了交流发言。王婵娟同志对加强联社系统营销工作提了很好的建议；邓可辉同志畅谈了自己由悲观失望到充满希望的心路历程；刘茂果同志交流了自己清收处置不良贷款的心得，并对来年客户的储备谈了自己的想法；朱占利同志就本机构大额贷款的清收提出了自己的看法，收到了集思广益的效果。

针对大家发言所提出的困难和问题，我同与会人员进行了深度交流，并提出了四点意见。即：认清“一个形势”，认清当前回龙片区业务经营的严峻形势，进一步增强忧患意识、危机意识；抓住“两个机遇”，抓住脱贫攻坚和实施乡村振兴战略的发展机遇，抓住利用扫黑除恶清收盘活不良贷款的机遇，进一步增强发展意识、责任意识；发挥“三个作用”，发挥党组织的战斗堡垒作用、党员的先锋模范作用和信用社主任的带头作用，进一步增强标杆意识、带头意识；争做“四个模范”，党员领导干部要争做学习的模范，党员领导干部要争做团结的模范，党员领导干部要争做勤政的模范，党员领导干部要争做廉洁的模范，进一步增强模范意识、表率意识。

回龙支部党员大会的召开，凝聚了回龙片区党员干部的力量，点燃了干部职工的希望，必将对该片区业务经营起到极大的推动作用。

围堵老赖

2018年10月17日　星期三　晴

深秋的回龙场，早晚已有几分凉意。昨晚驻社蹲点没有睡好，今天一大早我就起了床。

我随即找回龙信用社客户经理谈心交心，并从中了解到，他们思想上最大的困惑是不良贷款清收难以打开局面。困扰他们的主要原因是该社贷款大户唐某难以突破，负面影响极大，导致大部分贷户等待观望。

据说，唐某很久以前被称为回龙镇一霸，多头多笔贷款，经过各级长达近10年的数次催收，他既不认账，又不认还，甚至连《贷款到逾期催收通知书》都拒不到场签收。

得知这一情况后，通过深入分析研判，我当即决定利用扫黑除恶的契机，请求当地党委政府协助，先对其进行约谈，再视其态度采取下一步措施。

上午8点30分，我同当地党政主要领导电话取得联系，该镇党委政府高度重视，大约半个小时，便将唐某通知到了镇政府，随即该镇党委书记通知回龙信用社主任到镇政府进行商谈。

联社及时成立临时工作组，通过临时工作组找原贷款经办人、名义借款人和唐某三方，一起核对相关账务，刚开始他连自己的贷款都不认账，后来通过宣讲政策和法律，经过长达10个小时的交锋，直至晚上7点，曾经横行一时、称霸一方、无人可以驾驭、拒不认账的唐某，终于低下了头，认了自己和家属的贷款，以及部分借名贷款，共计43笔，本金45.73万元，并在贷款清单上签字确认，从而保全了部分信贷资产。

初战告捷，极大地鼓舞了全体员工的斗志。临时工作组随即会同信用社制定下一步催收方案，一方面对唐某确认的贷款，立即加大力度清收，另一方面对其不认账的多头借名贷款，找名义借款人催收，促其还款。

唐某的贷款得以保全，为下一步依法清收打下了基础，同时也为回龙信用社不良贷款清收工作扫清了障碍，提振了士气，增强了信心。

实践证明，只要思想不滑坡，办法总比困难多。充分依靠党政是抓好不良贷款清收处置的关键，领导靠前指挥是抓好不良贷款清收处置的法宝。不良贷款清收处置只有下深水、动真格，才能见到实效。

扶贫之“痛”

——扶贫工作面面观

精准扶贫是国务院确定的“三大攻坚战”任务之一，也是2020年全面建成小康社会的战略之策，更是“以人民为中心”理念的伟大创举，使沉寂一时的乡村焕发出勃勃生机，苍茫大地，郁郁葱葱。然而，由于基层在认识和落实上存在一定的偏差，致使扶贫工作变形走样，留下痛点重重。

认识之“痛”——痛之本。网上有这样一则笑谈：一个孩子在作文中写道，他的理想是长大之后当一个贫困户。虽是一则带有讽刺意味的笑谈，它却道出了基层扶贫工作在宣传引导上的痛点。前不久，一个地方有个贫困户到医院看病，本来要排队，他却说自己是贫困户，要求优先，他把贫困户作为优先和照顾的理由。扶贫小额信用贷款，其利息本应由贫困户先行垫付，然后再由财政贴息返还给贫困户。然而我们也发现，在实际操作时，却很难实现，甚至有个别贫困户将财政打给他们用于贴息的资金挪用，这样不仅使贫困户养成了“等、靠、要”的习惯，而且影响了信用环境。

识别之“痛”——痛之源。很多地方在对贫困户的精准识别上存在问题，有的优亲厚友，有的多报冒报，套取国家优惠政策和补贴资金，造成帮扶对象不精准，群众意见很大。去年，我在下乡帮扶过程中，当地的群众就对一个贫困户的精准识别提出了质疑：他家都算贫困户了，我们又该算什么呢？这说明既有识别不精准的成分，又有“越穷越光荣”的心理，这种争当贫困户的现象相当普遍。还有一些贷有扶贫小额信用贷款的贫困户，在再次精准识别过程中被移除，但就是不愿还贷款，这必然会给金融机构留下后患。

帮扶之“痛”——痛之深。一方面帮扶方式简单，过分物质化。帮扶单位和个人以捐款捐物的帮扶方式居多，急功近利图应付，短期行为捞政绩，不能从根本上解决问题。另一方面，帮扶缺乏长远规划，过分功利化。没有实实在在沉下去帮助寻找增收致富的产业和项目，造血功能不足，农民难以达到长期稳定增收的目的。再则，贫困户自身缺乏主动性，过分依赖外力。个别贫困户家里的大小事都要找帮扶人，认为自己的事就是帮扶人的事，帮扶人有责任和义务帮助解决。近日，我帮扶的一个贫困户是D级危房户，按照国家政策，房屋搬迁可以享受一定的补贴，但必须是在房屋建成，搬迁入住及资料上报之后，补贴才能兑现，上面催着要资料，可她就是不配合，说什么“自己安门是选了日子（安门要选良辰吉日，当地的风俗）的，要等到秋天才能安装”，需要再等两个月，到那时就错过了享受国家政策补贴的机会了，村社干部给她做工作，她听不进去……一天中午，她给我打来电话，我只好赶过去，做了半天思想工作，她才勉强同意，而且还买来西瓜招待我们，真让人哭笑不得。扶贫攻坚也是大事，要态度端正。可见，帮扶之“痛”，“痛”之深！

中国的扶贫工作是举世瞩目的世界性难题，是一项复杂而艰巨的系统工程，需要凝聚各方共识，发挥各方智慧，调动各方力量，采取各种措施，方能取得突破。面对扶贫工作诸多痛点，唯有脚踏实地，真做真干，才能从根本上解决问题。一要去认识之“痛”，增强脱贫的主动性。加强对贫困户的诚信教育和感恩教育，鼓励自力更生和自主创业，摒弃“等、靠、要”的思想，打造信用村镇，推动乡风文明建设。二要去识别之“痛”，增强解决问题的针对性。地方政府要与金融机构加强协作，搞好责任分摊，解决好识别不准给金融机构带来隐患的问题。三要去帮扶之“痛”，确保帮扶的实效性。针对农村“空心化”和土地闲置等现状，搞好土地流转，做好能人回引，培植农业专业合作社、家庭农场和种养大户，大力发展产业和项目，使农民变市民，职业农民变为产业工人，一个农民获得土地流转和就地打工两份收入，实现长期稳定增收目标，达到真脱贫、脱真贫的目的。

农民富，经济活；衣食足，礼仪兴。到那时，金融机构还愁贷款放出去收不回来吗？

在农村这块广袤的土地上，随着乡村振兴战略的实施，产业经济、田园经济和旅游经济如雨后春笋般应运而生，到处将呈现出一派欣欣向荣的景象。

农村是一个广阔的天地，在那里是可以大有作为的！

春风吹来满眼绿

——实施乡村振兴战略之浅见

“三农”事业发展进入了新时代，乡村振兴的大幕已经开启，进军的号角已经吹响，建设美丽乡村，农信人捷足先登，主动作为。

“一个情怀、两个重点、三个融合、四个落实、五个跟上”，农信人做出了庄严承诺。

培养“一个情怀”：即培养员工“一懂两爱”（懂农业，爱农民、爱农村）情怀。有情怀，才会有担当；有担当，才会有作为。作为“80后”“90后”的年轻员工，他们是农村金融的黄金一代，大多生长在城市，他们不懂农业，就很难说爱农民、爱农村了，培养他们“一懂两爱”的情怀，就是让他们把根扎在农村这片广阔沃土上，把情洒进农业这份美好事业中，把爱融入每一个普通农民家里。

聚焦“两个重点”：即土地改革和能人回引。自中华人民共和国成立以来，中国农村改革无一不是围绕土地改革而进行的，搞好土地改革，就解决好了农村问题。只要荒山变金山，荒芜的土地变良田，农村就会焕发出勃勃生机与活力。同时，人是生产力中起决定性的因素。中国的改革开放，大大解放了农村劳动力，伴随而来的是农村“空心化”“空巢化”，乡村振兴靠的是能人，做好回引能人，乡村振兴就有希望。

坚持“三个融合”。实施乡村振兴，需要优化资源配置。土地、人才、资金是乡村振兴的三大重要生产要素，三者缺一不可；三者的有机融合，就能汇聚乡村振兴的强大动力。农信人应找准定位，回归本源，主动融入，有所作为。

抓好“四个落实”。“双基”共建要落实，信息共享要落实，人才共用要落实，渠道共拓要落实。唯有落实，方得始终。

做到“五个跟上”。乡村金融综合服务站建设要跟上，新型农业经营主体服务要跟上，涉农资金营销要跟上，乡村振兴的措施要跟上，战略合作协议的签订要跟上。只有行动，才能圆梦。

深化认识，聚焦目标，找准方法，行动跟上，乡村振兴，大有希望！

掌声背后

人的一生总会闪现一次又一次耀眼的光芒，雷鸣般的掌声也总会一次又一次响起。

今天我再一次登上领奖台，掌声又一次响了起来，同时，也使我陷入了深深的沉思。

掌声代表祝贺。诚然，过去一年，我们在金融精准扶贫工作中做了大量工作，无论是扶贫小额信用贷款、产业扶贫贷款、项目扶贫贷款占同行业的比重，还是扶贫贷款发放总额、户均贷款余额在县区之间的比较，都遥遥领先，获得这样的殊荣当之无愧。掌声是对成绩的肯定，掌声的背后是大家默默无闻的奉献和辛勤的付出，值得祝贺，也应当以此为荣。

掌声蕴含激励。一次掌声，就是一次鞭策；一次掌声，就是一次激励。掌声催人奋进。成绩只能代表过去，不能因此而沾沾自喜，忘乎所以，停滞不前。扶贫工作责任重大，是一块难啃的硬骨头，我们只有化掌声为动力，把群众放在心上，把责任扛在肩上，把工作抓在手上，重整行装再出发，才能打赢脱贫攻坚这场硬仗。

掌声呼唤清醒。站在高高的领奖台上，大家正沉浸在获奖的喜悦和祝贺的掌声之中，可我的高兴劲儿瞬间便化为乌有。我们不能被胜利冲昏头脑，飘飘然、昏昏然，必须保持清醒头脑，看到老百姓对摆脱贫穷的渴望，看到我们工作中的缺点和短板，看到我们与脱贫验收标准之间的差距。扶贫小额信用贷款“户贷企用”的现象还不同程度地存在，整改工作任务还相当繁重，支持贫困户发展产业还有较大差距，我们的挂联帮扶还有大量的工作要做，一刻也不能懈怠，此时好比逆水行舟，千万不能让掌声淹没了奋进的号子，让鲜花遮住了眼睛。

生于忧患，死于安乐。人无远虑，必有近忧。脱贫攻坚，千万不可懈怠！

又到年终决算时

春夏秋冬，四季更替，寒来暑往，转瞬即逝。眼下又到了一年一度的决算日。对于银行从业人员来讲，决算日既是盘点一年收获的日子，又是最繁忙的日子。

刚刚参加信用社工作两年，我就当上了信用社会计，1991年的年终决算是我当上会计之后办理的第一个年终决算。那时的信用社还是独立的法人机构，每年办理年终决算一般都要集中到农行营业所，那样便于上情下达和统一指挥，而且那时办理年终决算全是手工操作，数据汇总靠算盘，报表填制靠手写，就连余额表也要靠手抄，耗费的时间自然就更长了，一般需要4—5天，基本上是12月27号下午到营业所报到，12月31号下午才能办理结束，其间稍有不顺就要加班加点，熬更守夜。令我印象最深的是，填制成本分析表，既要懂得成本核算的基本原理，又要记住大量的计算公式，同时还要耐心细致不出错，否则，就会差之毫厘谬以千里，导致账不等表不平而前功尽弃。我办理第一个年终决算，仅填制成本分析表就熬了一个通宵。那种经历要说是一种煎熬，还不如说是一笔难得的财富，它不仅使我增长了知识，而且磨炼了我的意志。辛辛苦苦一年的成果，就在一粒粒算盘珠的拨弄中渐渐抖落出来。

后来，农村信用社加快了电子化建设的步伐，开发了自己的网络系统，告别了“刀耕火种”的时代，年终决算再也不需要集中办理，也不需要花那么长的时间了。只需要录入相关数据，各类报表就会自动生成，办理年终决算，短短几个小时就可以完成，而且数据准确无误，这样大大节省了人力、物力和财力。科技是第一生产力，正悄然地改变着我们的一切。辛辛苦苦一年的收获，就在一次次键盘的敲击下迅速呈现在眼前。

然而，无论是过去手工办理年终决算，还是现在线上办理年终决算，只不过是办理年终决算的手段和方式的改变，核算的原理始终没有变。遗憾的是现在的年轻人再也不会有那样的手工核算机会，那样的原始操作再也不会在工作中再现。因此工作中不乏有人享受着科技带来的便利而不学无术，忽视对核算原理的学习而不懂核算。走过万水千山却忘记了来时的路，那才是最大的悲哀！

再说要拿出一个光鲜艳丽的年终决算，仅凭先进网络系统还是不行的，还需要365个日子夜以继日的辛勤付出，靠数据说话。积小流以成江河，积跬步以至千里。就拿收贷收息来说吧，我们从年初就采取按日通报进度办法，使员工养成“天天降不良，日日抓增收”的习惯，达到“天天有收获，日日有进账”，结果年末不良贷款占比净下降4%，收息较上年增加了4000万元。否则，无论多么现代的工具，办理出来的年终决算都不会合意，只会显得囊中羞涩，因为只有干出来的精彩，没有等出来的辉煌。如在ETC营销过程中，我们通过优秀外包人员的出色表现倒逼内部职工，内部优秀职工的突出贡献倒逼中层干部，最终实现了全社ETC营销业绩位居全省系统前列的目标。

一份耕耘，一份收获。只要有付出，就会有回报。

不忘初心 砥砺前行

——我的2018

2018年是中国改革开放40周年，是开江联社新班子实施三年发展规划的第二年，也是我到开江联社工作的第二年。一年来，我始终坚持不忘初心，牢记责任，甘于奉献，砥砺前行；一年来，我与全县农信员工一道啃下了一块又一块硬骨头，解决了一个又一个难题，分享了一次又一次成功喜悦；一年来，我在学习中获得了进步，在奉献中实现了价值，在奋斗中收获了幸福。

始终不忘学习。读万卷书，行万里路。一年来，我始终把学习放在首位。一是学政治，提高政治站位。认真学习党的十九大和习近平总书记来川视察时的重要讲话精神，以及习近平总书记在庆祝改革开放四十周年大会上的讲话精神，不断增强“四个意识”，坚定“四个自信”，在思想上、行动上始终与党中央保持高度一致，时时刻刻维护以习近平总书记为核心的党中央领导集体权威。不仅自己学，而且还组织党员干部集中学，深入基层支部讲，让中央、省、市、县的各项精神入脑入心，落地落实。坚持“三会一课”制度，开展“七抓七查”，强化党建考核，切实履行“一岗双责”，开展党日主题活动，上好专题党课，坚定理想信念，“两个作用”得到彰显，党建工作成效显著。二是学理论，提高理论水平。我十分重视理论知识的学习，先后订阅了《求是》《党建》《四川党建》《党课参考》等理论书籍，加强对党的基本理论和基础知识的学习，不断提高自己的理论水平。与此同时，我还积极参与“大学习、大讨论、大调研”活动。在活动期间，我先后到基层调研20余次，撰写调研文章两篇。三是学管理，提高管理能力。我不仅从书本学，而且向实践学，向同事学，不断积累和丰富自己的管理知识，练就驾驭复杂局面和解决复杂问题的能力。比如处置化解涉政不良贷款，虽然一波九折，过程艰辛，但通过发挥自身聪明才智和大家的共同努力，终于使问题得到了圆满的解决。

始终不忘修身。立业先立德，做事先做人。一是争做一个忠诚老实的人。无论在班子成员中，还是在同事朋友中，始终做到光明磊落，心地坦荡，表里如一，以心交心，公道正派，不人云亦云或者当面一套、背后一套，以自己忠诚老实的品格赢得大家的赞誉。二是争做一个心地善良的人。古人云：“老吾老以及人之老，幼吾幼以及人之幼。”我始终坚持向善向上、和谐包容的做人原则，从不乘人之危，推波助澜，落井下石。三是做一个作风民主的人。兼听则明，偏信则暗。坚持民主集中制原则，充分发扬民主，遇事多同班子成员商量，特别是“三重一大”事项，广泛征求大家的意见和建议，发挥集体智慧，坚持集体决策，杜绝“一言堂”和个人说了算，避免独断专行而造成决策失误。四是争做一个敢于担当的人。当领导就要主动作为，敢于担当。解决历史遗留问题非常考手艺，一要靠智慧，二要靠担当。如果没有担当精神，全县农村信用社就不可能一年化解那么多不良贷款。

始终不忘责任。责任重于泰山。一是牢记主体责任。牢记党员身份，增强党性意识。无论何时何地都以一个党员的标准严格要求自己，以普通党员的身份参加支部组织的各项活动。牢记党委（党组）书记职责，履行党风廉政建设主体责任，围绕“四个亲自”（重要工作亲自部署、重大问题亲自过问、重点环节亲自协调、重要案件亲自督办），亲力亲为。牢记原则和使命，强化机制建设。制定下发《党风廉政建设和反腐败工作意见》，定期召开党风廉政建设和反腐败工作会议，形成齐抓共管的工作格局。二是牢记管理责任。我在履行从严管党治党主体责任的同时，始终没有忘记作为联社理事长的管理责任。时常为业务经营出点子，谋对策，做决策，定期研究业务经营中出现的各种问题，增强工作的前瞻性、预见性和主动性，确保各项工作目标实现。与此同时，积极强化案防安保工作，深入基层检查督促，从严查处违规违制违纪行为，确保了一方平安。三是牢记社会责任。金融活，经济兴。积极带领全县农信员工投身金融精准扶贫，助力乡村振兴，定期深入挂联贫困户走访，帮助规划产业发展项目，尽快脱贫摘帽。一年来，全县农村信用社共发放扶贫小额信用贷款近2000万元。同时还对挂联的贫困村实行了对口帮扶，累计投入资金12余万元。冠名赞助支持举办农民丰收节，树立了农村信用社良好的社会形象。

始终不忘奋斗。幸福是奋斗出来的。当领导既要做给大家看，又要带领大家干。一是带头驻社蹲点。自2018年8月份开展驻社蹲点活动以来，我坚持每月驻社蹲点3天，帮助基层信用社解决具体困难和问题，指导基层信用社抓好业务经营和内部管理。先后写了驻社蹲点日记6篇。二是带头挂联帮扶。我挂联贫困户4户，坚持每月走访挂联帮扶的贫困户1次。帮助王元奎建起了鱼塘，给于茂素新建房屋安装了电灯，资助郑运学改建了危房。三是带头挂联网点。多次深入挂联的回龙信用社，为他们清收不良贷款出谋划策。一年来，该社的不良贷款净下降1000余万元，年度综合考核排名上升了9位。四是带头挂联清收。按照联社《关于建立“1234”工作机制的通知》要求，我挂联联社的第一不良贷款大户，通过一年来多次沟通，苦口婆心地做工作，终于处置不良贷款1.68亿元，完成个人处置不良贷款任务的131.27%。四是带头营销对公存款。2018年第一季度，通过我多次向县委县政府分管领导汇报，加强与金融办、财政局的协调沟通，促成了按贡献度大小匹配财政性存款的政策落地，为成功营销2.6亿元财政性存款奠定了基础。五是带头处置涉政不良贷款。涉政不良贷款是一块难啃的硬骨头。我带头通过多方协调，多次汇报，多次调整“以资抵债”方案，其过程之曲折，工作之艰辛，不言而喻，最终完成了人们想象中不可能完成的一件大事。

始终不忘创新。创新是事物发展的不竭动力。一是创新思维。制约开江农信联社发展的关键在于思想观念和经营理念的转变。一年来，我着力在四个方面下功夫，求突破，力求实现“四个转变”，即：由过去只放不管向有放必管转变；由过去不抓收向多增收转变；由不讲核算向精细化管理转变；由弄虚作假向求真务实转变。二是创新实践。针对靖安事件的发生，我提出了“三个三”案防网格化管理模式，为强化案防安保工作起到了极大的推动作用，此举得到了省联社的认可，并在全省简报推广。为切实转变机关作风，我提出了开展驻社蹲点活动，自己身体力行，率先垂范，赢得了基层员工的好评。围绕作风建设，我提出了开展“三四五专项治理”，促进了行业风气的根本好转。三是创新发展。为了带领开江农信联社突出重围，走出困境，我提炼出了“凝心、聚集、破难、求变”的新时代开江农信精神。凝心，就是凝聚人心、上下一心、左右同心、目标同向；聚力，就是积聚力量、挖掘内力、借助外力、形成合力；破难，就是迎难而上、知难而进、创新创造、攻坚克难；求变，就是求观念之变、破小胜即满，求管理之变、树合规理念，求面貌之变、促上档升位。文化铸魂，极大地提振了全县农信员工的士气，让大家看到了开江农信联社美好的未来。

始终不忘律己。公生明，廉生威。一是严守党的纪律，真正管住自己；二是严守八项规定，切实改进工作作风；三是严守民主集中制原则，议事决策公开透明；四是严守廉洁底线，树好自身形象。

始终不忘笔耕。邓小平同志曾经说过，拿笔杆是实行领导的主要方法。笔下出思想。思想有多远，就能走多远。一年来，我坚持勤于动脑，勤于思考，笔耕不辍。先后撰写以农信人工作生活为原型的短篇小说两篇，散文、随笔、言论、游记等60余篇，诗歌20余首，多篇文章被国家、省、市、县报刊采用，并分享给了全县农信员工，对大家既是一种鞭策和激励，又是一次灵魂的净化和洗礼。

一年来的辛勤耕耘，换来了丰硕成果。它凝聚着上级组织对我的信任和关心，凝聚着班子成员对我的支持和帮助，凝聚着全县农信员工的理解和包容。在总结成绩的同时，我也看到了自身存在的缺点和不足。一是党建工作创新不够。党建工作没有找到很好的载体，工作缺乏亮点。二是修身立德不够。本人性格直率，批评人不分场合，一些人难以接受。三是活动开展不够。工、青、妇群团组织活动开展较少，队伍缺乏活力。四是机制建设不够。工作求稳怕乱，内部经营机制转换乏力。五是严管重罚不够。本人心慈面软，出手慢、下手软。六是文化建设不够。由于没有系统地构思和设计，开江农信联社独特的企业文化尚未形成。

不求生命的长度，但求生命的厚度。坚持做一个有责任、敢担当、讲奉献、守底线的人，我将无愧于上级组织对我的信任，无愧于全县父老乡亲对我的厚望，无愧于全县农信员工对我的期盼。

我将无我 不负人民

——我的2019

过去的一年，在省联社和达州农商银行党委的正确领导下，在人行、银保监局的监管指导下，在地方各级党政的关心支持下，我们紧紧围绕省联社“强基固本、开拓创新、提质增效”的总体思路和“1234567”经营管理方略，积极投身“三大银行”建设，基本实现了县联社提出的“三年大见成效”的目标，呈现出人心由散到聚、内部管理由乱到治、业务经营由虚到实、资产质量由低到高、经营效益由差到好的“五大转变”。正如习近平总书记在2019年新年致辞中所说，“我们都在努力奔跑，我们都是追梦人”，“我们过得很充实，走得很坚定”。

贵在绝对忠诚。忠诚不绝对就是绝对不忠诚。本着对党和人民负责，仰无愧于天，俯无愧于地，对得住自己的良心和职责。积极加强政治建设、思想建设、组织建设、作风建设、纪律建设，开展理想信念教育和党的宗旨教育，认真落实“三会一课”制度，不断加强党性锻炼，增强党性修养，切实履行主体责任和“一岗双责”，牢固树立“四个意识”，坚定“四个自信”，做到“两个维护”。按照“守初心、担使命、找差距、抓落实”的总要求，扎实抓好学习教育，广泛开展调查研究，深入透彻检视问题，立见力行整改落实，扎实开展“不忘初心 牢记使命”主题教育，收到理论学习有收获、思想政治受洗礼、干事创业敢担当、为民服务解难题、廉洁自律做表率的良好效果。我县联社开展“不忘初心 牢记使命”主题教育的典型经验被《中国金融文化》宣传报道。与此同时，我们还把执行力建设作为检验干部职工是否绝对忠诚的试金石，举办了中层干部执行力建设培训班，并在不良贷款清收、ETC营销等方面得到了较好的检验。通过“不忘初心 牢记使命”主题教育的开展，使我深深体会到：初心不初心，关键在核心；初心不初心，关键在党心；初心不初心，关键在民心；初心不初心，关键在内心；初心不初心，关键在恒心。只有做到绝对忠诚，才能对党对人民对事业负责。鉴于此，“七一”前夕，我被中共四川省农村信用社联合社委员会表彰为“优秀共产党员”。

贵在坚持学习。俗话说，活到老学到老，还有三分没有学到。我始终把学习作为提升自己能力和水平的重要抓手。坚持集中学和分散学相结合。利用每周工作例会、中心组学习扩大会和支部大会组织中层以上干部和全体党员学习党的路线方针政策和理论，以及教化、励志的文学作品，同时还订阅党报党刊、业务书籍和文学刊物10余种，努力挤出时间自学。坚持“走出去”学和“请进来”学相结合。积极参加了四川农信党委书记读书班、高管培训班，带队到北川联社学习“双基共建、整村授信”典型经验，内部举办了会记出纳、信贷业务培训班和写作培训班。坚持学习和实践相结合。积极把所学的理论和经验运用到实际工作中，用于指导实践。比如我们利用到北川联社学到的经验，已经开始启动“双基共建”活动，推广“卡贷通”业务。坚持学习和写作相结合。立足学有所思、学有所悟、学有所写，把学习成果转化为现实生产力。我坚持笔耕不辍，全年共撰写文章30余篇，被国家、省、市报刊刊载24篇，先后荣获《中国金融文化》“我与新中国共成长”主题征文一等奖（报告文学类）、2018年度中国金融文化建设优秀新闻作品奖、“生态田园，有机西充”庆祝中华人民共和国成立70周年暨首届乡村旅游全国文学作品大赛二等奖；个人也被增补为四川金融作协副主席，成功地加入了四川省作家协会，同时还被四川省文联表彰为“万千百十”工程先进个人。辛勤的劳动换来了崇高的荣誉，这些荣誉蕴含着无限价值和美美的幸福。

贵在苦心经营。所谓苦心，就是良苦用心。面对持续低迷的经济形势和极度困难的经营现状，我积极倡导苦干实干。小平同志曾经说过，“不干，半点马克思主义也没有”。只有干出来的精彩，没有等出来的辉煌。只有苦干实干，才能杀出一条血路。心系发展抓营销。扎实抓好“开门红”营销，把“五大营销”做深做细做实。通过向县委、县政府汇报，持续推动了按贡献度大小匹配财政性存款工作。3月末，从他行划转到我社财政性存款达1.7亿元；通过与县个私协会建立协作关系，签订战略合作协议，新增开户5户，新增存款2300万元，营销贷款2000万元；通过开展“走千访万”活动，进村入户，进园入企，寻找优质客户，扎实做好“三农”、中小微企业和实体经济的服务工作。全年共投放各项贷款7.29亿元，其中：投放“三农”贷款1.4亿元，投放中小企业贷款2.28亿元。心系经营抓增收。牢牢把握银行经营的规律，把增收工作作为业务经营的重中之重。建立了收贷收息任务完成情况按日通报机制、超收息任务考核激励机制、收回表外利息奖励机制，着力使员工养成“天天降不良，日日抓增收”的习惯，力促“天天有进账，日日有收获”。心系未来夯基础。借助打造“信贷强基”标杆行社，使开江农信联社的信贷管理工作发生脱胎换骨的变化，彻底颠覆过去信贷管理中不合规的“坐商”“傍大款”“造假”等恶习，重构“做真做实、回归本源，优选客户、诚信高效，依法合规、责任落实，专家治贷、审慎稳健”的合规信贷文化。

借助开展“双基共建”，稳步推进“整村授信”，让农户足不出户就能享受到和城里人一样的金融服务。目前，万里长征才走完了第一步，后面的路还很长，任务还相当艰巨。苦心人，天不负。年度目标考核得分96分。

贵在破难攻坚。“蜀道难，难于上青天。”开江农信之难，难在聚人心，难在降不良，难在化解矛盾。破人心凝聚之难。一方面通过优秀外包人员的出色表现倒逼内部职工，另一方面，通过内部优秀职工的贡献倒逼中层干部。日常工作看悟性，关键时刻看担当，不断培养干部员工的忠诚度。我们把ETC营销业绩作为中层干部来年岗位选择的首要条件就是明显的例证。破不良贷款清降之难。按照“下深水、动真格、出实效”的总要求和“现金清收一块、呆账核销一块、发展消化一块”的工作策略，持续推进“领导挂联、部门挂包、员工认领”不良贷款清收处置措施，不断完善不良贷款清收处置奖惩考核机制。晨起于鸡鸣犬吠，劳息于披星戴月，以己之力艰难地推动不良贷款清收处置工作。到年末，不良贷款率比年初下降了2.32%，终于实现了“一本账”管理。破矛盾化解之难。难事处处有，开江大不同。一年来，面对层出不穷的矛盾，我认为，有风有雨是常态，风雨无阻是心态，风雨兼程是状态。自己始终保持一颗沉着冷静的心，从容应对，妥善处置，把一切矛盾化解在了萌芽状态之中，维护了开江农信联社的形象。

贵在重视案防。忘记危险就是最大的危险。人生的不幸来自于侥幸的累积。案防责任重于泰山，我丝毫不敢懈怠。积极履行案防第一责任人责任，压实各机构和各部门一把手责任，保持案防高压态势，层层传导压力，使大家时时绷紧案防这根弦。年初，我们优化了机关部室设置和职能，对机关中层干部和信用社主任进行了异地交流，对达到轮岗时限的员工全部进行了轮岗。积极加强案防教育。组织全体党员干部到张爱萍将军故里接受革命传统教育，到达州监狱接受警示教育，及时转发学习《案情通报》，让全体员工在学习教育中受到启迪和洗礼。积极强化“三个三”案防网格化管理。“三个三”案防网格化管理是我们在实践中摸索出的案防管理工作经验，今年2月，被纳入《四川农信2018年党风廉政建设和反腐败工作亮点汇编》，即：推行“三个关注”，强化“三个监督”，落实“三项措施”。为避免案防工作走过场、图应付，我们还建立了按季督查通报制度。一年来，先后发出《问责令》14期，处罚违规责任人59人次，累计处以罚款3.53万元，记违规积分19分，确保了案防管理工作落细落地落实，维护了一方金融稳定。

贵在严于律己。一个人干不干净，关键要看他能不能自律。只有时刻保持清醒头脑，做到严于律己，才能在群众中树立威信。持续开展作风建设“三四五”专项治理，着力提升金融服务质量。我时常告诫自己，要常修为政之德，常怀律己之心，常思贪欲之害，始终做到心中有党、心中有民、心中有责、心中有戒。自觉遵守党的政治纪律，严格执行八项规定，严守工作底线和生活底线，净化自己的朋友圈、社交圈、生活圈，耐住寂寞，抗住艰苦，抵住诱惑，管住小节。坚持民主集中制原则，“三重一大”事项一律由联社党委集体决策，充分发扬民主，从不搞个人说了算；主动接受上级组织、同级纪委和群众监督；积极开展批评和自我批评，认真听取班子成员和来自社会各方面的意见和建议，有则改之无则加勉，在领导和同志们的关心和帮助下增知识长才干。

过去的一年，虽然取得了一定的成绩，但同时也还存在一些问题：亲和力不够，平时笑脸不多；工作检查督促不够，落地落实不多；开拓创新不够，特色亮点不多；关心员工不够，谈心家访不多。

“雄关漫道真如铁，而今迈步从头越。”无论前进道路上有多少艰难险阻，我都将以舍我其谁的担当，发扬钉钉子的精神，把各项工作做深做细做出成效来。

我将无我，不负人民！

“疫”闯山川染春色

——四川省开江农信联社金融防疫工作纪实

庚子鼠年春节，一场突如其来的新冠肺炎疫情席卷全国。四川省开江农信联社高度重视，积极应对，科学防控，精准施策，念好准、实、牢、新、强“五字经”，做到疫情防控和金融服务“两不误”，为川东小平原普降了一场金融“及时雨”。

高度重视，防疫形势研判“准”。疫情发生后，联社清醒认识到新冠肺炎的危害性，先后组织召开专题党委会和中层干部会，传达中央、省、市、县，以及主管、监管部门的指示精神，要求大家务必认清疫情防控的严峻形势，树牢“四个意识”，坚定“四个自信”，做到“两个维护”，把人民群众的生命安全和身体健康放在第一位，并将疫情防控工作作为当前的头等大事来抓。早在1月22日，联社党委就对防范新冠肺炎疫情作出指示，其后的几日内，及时下发相关文件和相关工作要求十余个。

加强领导，防疫责任压得“实”。联社成立了由理事长任组长的疫情防控工作领导小组，下设领导小组办公室，由联社主任任办公室主任。明确各信用社负责人为本机构疫情防控第一责任人，挂包部室负责人为第二责任人，包片领导为监督责任人的“三重”责任机制。与此同时，联社还成立了疫情防控指挥组、人员排查组及员工调度组等7个工作小组，4名领导分别挂包全辖25个机构，确保防控责任到机构、到岗位、到人头，达到责任明确，监督有力。防疫期间，该联社班子成员先后下社督导疫情防控工作20余次，排查员工近3000人次。

上下联动，疫情防线筑得“牢”。一是物资储备到位。联社先后采购口罩30000个，手套3000副、84消毒液500瓶、测温仪40个、废弃口罩回收箱（桶）26个。由办公室、人力资源部和审计监察部负责管理、分发、监督。二是自我防护到位。联社党委第一时间发出了《致全体干部职工的一封信》，一方面要求大家做好新冠肺炎防控知识宣传，另一方面，自觉做到“四勤四不”，即：勤戴口罩、勤洗手、勤通风、勤消毒，不聚会、不串门、不信谣、不传谣。沉稳应对疫情风险，积极配合地方政府落实疫情防控措施。三是排查管控到位。全联社所有党员干部在疫情管控期间不得擅自离岗，必须靠前指挥，守土有责，守土担责，守土尽责。坚持每日排查员工行踪，对外出探亲返社的员工采取隔离观察，确保早发现、早报告、早隔离、早治疗。四是信息反馈到位。实行疫情信息“零报告”制度，做到有事报情况，无事报平安，不瞒报、漏报一条疫情信息。同时，各网点做好客户排查，不遗漏每一个新冠肺炎的疑似人员。

多措并举，金融防疫方式“新”。联社在做好疫情防控的基础上，多措并举做好金融服务工作，化“危”为“机”，推动业务转型。一是实行厅堂服务新标准。营业网点必须每日消毒三次，营业人员一律佩戴口罩和手套，客户进入厅堂必须进行体温检测，在柜口和引导台摆放免洗类消毒洗手液，引导客户洗手，确保营业场所安全卫生。二是关爱客户送去新体验。在疫情蔓延之初，通过微信公众号和发送短信等方式，发出了《致广大客户的一封信》，温馨提示客户做好疫情防控，尽量通过手机银行办理金融业务。同时要求客户经理通过电话与客户取得联系，送去关爱。一方面了解其近况，送去防疫相关常识；另一方面帮助其解答办理金融业务的疑惑，让广大客户体会到农信社的温暖。三是推行线上线下融合服务新方式。推行领导干部全勤，员工轮岗作业，网点缩短营业时间。同时推行线上和远程办公方式，鼓励客户尽量选择线上渠道办理业务，借机推广“卡贷通”“薪易贷”“抗疫贷”等贷款产品和电子银行业务，搞好客户认领和维护，提高手机银行动户率和蜀信e有效客户数；对疫情防控期间确因资金难以及时回笼，影响到期贷款归还的客户，主动联系客户进行续贷重组。四是上门服务彰显新作为。充分发挥党员领导干部的带头作用，组建由班子成员、中层干部和客户经理组成的金融服务团队，深入企业调研，实地调查收集资料，现场评级授信办理贷款，为辖内卫生防疫、食品、药品企业提供金融支持，并实行利率优惠，帮助受疫企业复工复产，渡过难关。如为开江县永兴镇谭金芬酒厂转型生产医用酒精，发放贷款100万元，全程仅用8小时；为开江县鸿源昌泰食品有限公司发放贷款200万元，用于其收购生猪，确保市场食品供应；给医药销售企业主徐某玲贷款利率优惠70个基点；对因受疫情影响的开江县生茂源农业发展有限公司贷款200万元进行了续贷重组。据悉，联社已向人行申请使用支农再贷款2亿元。到2月末，已先后向受疫企业发放贷款1200万元，办理企业贷款续贷重组3750万元，对5家企业实行了利率优惠，给8家企业授信1.2亿元，累计向辖内贫困农户发放贷款4114万元。

敢于担当，社会责任意识“强”。在做好疫情防控、搞好金融服务的同时，联社积极履行社会责任。一是主动参加抗击疫情志愿劝导服务。机关部室人员轮流上街劝导群众佩戴口罩和居家隔离。二是积极响应开江县慈善会抗疫募捐倡议。全体干部职工发扬“一方有难，八方支援”的互助精神，积极捐款，奉献爱心。全县228名员工共捐款3.25万元。

历史典故巧解同事矛盾

2020年是“三大攻坚战”的收官之年。为打赢风险防范攻坚战，勇破不良贷款“坚冰”，各大银行机构积极响应，迅速行动，啃硬攻坚，清收历年来错综复杂的不良贷款。然而前不久，一家金融机构内部员工却因清收某户不良贷款而引发了一场小小的风波。

某贷户在这金融机构贷款多年，因各种原因拒不偿还。为了完成不良贷款清收处置任务，该机构实行了内部员工认领清收，员工清收处置不良贷款的热情空前高涨。最后，通过几名员工合力攻坚，收回了该户贷款。贷款收回本是好事，然而金融机构内部却因为收回任务应该记到谁的头上而争执不下。大家心里都憋着一股气，认为自己做了大量工作，收回任务应记到自己的头上，甚至还出现个别同志骂人的现象。大家因为一点小小的利益闹得不可开交，以至于有人提出要对个别出言不逊的人进行调查和问责处理。

同事同心，其利断金。不良贷款清收任务艰巨，一件小事处理不好，就会导致同事关系剑拔弩张，势必会挫伤一些人的工作积极性。道德层面能够解决的问题，就没有必要上升到法理层面；通过对话沟通能够化解的矛盾，就没有必要对簿公堂论个输赢。于是该金融机构负责人在工作群里发了一则“六尺巷”的典故。

“六尺巷”讲的是清康熙年间，张英担任文华殿大学士兼礼部尚书。他老家桐城的官邸与吴家为邻，两家院落之间有条巷子，供双方出入使用。后来吴家要建新房，想占这条路，张家人不同意。双方争执不下，将官司打到当地县衙。县官考虑到两家人都是名门望族，不敢轻易了断。这时，张家人一气之下写封加急信送给张英，要求他出面解决。张英看了信后，认为应该谦让邻里，他在给家里的回信中写了四句话：千里来书只为墙，让他三尺又何妨？万里长城今犹在，不见当年秦始皇。家人阅罢，明白其中含义，主动让出三尺空地。吴家见状，深受感动，也主动让出三尺地基，“六尺巷”由此得名。

看了“六尺巷”的故事，大家自然明白了其中的道理，争议的各方幡然悔悟，主动要求将收回的任务记到他人名下，被骂者反倒在领导面前向骂人者求情。一场风波就这样轻而易举平息了下来。

面对单位里的小矛盾，领导干部要选择恰当的处理方式，动不动就上纲上线、调查问责、罚款停职，往往会激化矛盾。该金融机构领导利用“六尺巷”的故事，通过教育代替惩罚，不仅是文化力量的显现，更是化解单位同事之间矛盾的范本。

人生感悟

人生“三问”

“一家银行靠什么赢得未来？坚定不移地跟党走！一家银行靠什么赢得尊重？满足人民群众日益增长的美好生活需要。一家银行靠什么赢得效益？依法合规经营。”这是一位银保监分局局长在一家农商银行挂牌开业庆典上的讲话。

讲话很短，但很精辟；站位很高，但很接地气。既饱含殷切期望，又提出了具体要求，为这家农商银行未来的发展指明了方向，让人深受启发。

一家银行的发展壮大固然如此，那么一个人的成长进步靠什么呢？

一个人靠什么赢得未来？勤奋学习，积极进取。勤能补拙，笨鸟先飞。曾经一位老领导当面这样评价我：你的成长和进步，完全靠的是勤奋。一个人只有时刻提醒自己，永远保持奋发有为、积极进取的精神状态，相信自己，自加压力，挑战自我，不懈努力，完善自我，追求卓

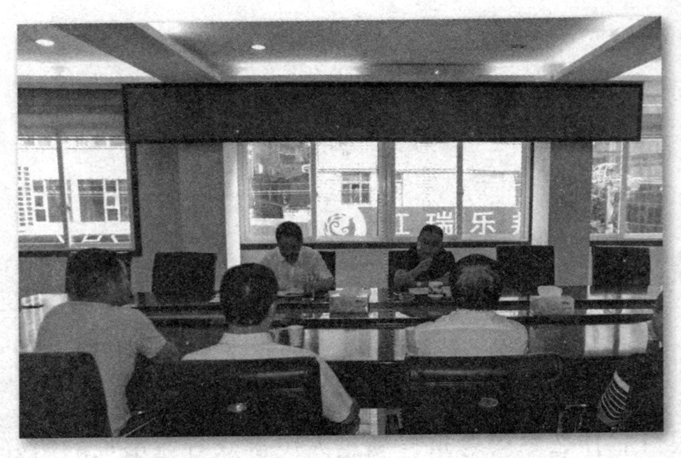

越，方可赢得美好的未来。

一个人靠什么赢得尊重？有德有才，德才兼备。首先是做人。要做一个忠诚、善良、正直、诚信、感恩的人，静坐常思己过，一日三省吾身，修身修心，担当作为，以自己的良好品德影响和感染身边的每一个人。其次是做事。努力提升自己的能力，不偷懒取巧，不弄虚作假，脚踏实地，一步一个脚印，以自己的超强工作能力和工作业绩去赢得组织的认可和人们的尊重。

一个人靠什么赢得财富？诚实守信，敬业奉献。幸福是奋斗出来的，财富是创造出来的。诚信就是品牌，诚信就是财富。不讲诚信，就难以立身处世，就更谈不上创造财富了。敬业奉献是财富之源。天上不会掉馅饼。吃得苦中苦，方为人上人。唯有敬业奉献，吃苦耐劳，才能创造出辉煌业绩，实现自己的人生价值，绽放出人生的精彩。

激情在燃烧

“理事长，昨天晚上我们几个人商量，也要加入到不良贷款清收大队中去，为了联社的发展出一份力。”早上一上班，原守押大队的胡继业、丁伟、潘先敏等同志就来到我办公室主动请缨。

由于守押外包，昨天下午我们才召开了守押大队人员分流座谈会。

监事长在会上给大家讲清了为什么要实行守押外包，分流守押大队人员的渠道，以及守押大队人员去向的选择等问题。

我对守押大队过去所做的工作给予了充分肯定，希望他们认识到目前我们所面临的严峻形势，实行守押外包对于转移押运风险、释放人力资源的好处，要求他们树立“在农信、爱农信、干农信”的情怀，讲政治，顾大局，服从组织安排，奔赴新的工作岗位，做出新的更大的贡献。思想一通，一通百通。经过一晚上的深思熟虑，他们这么快就做出了决定。

“好啊！不良贷款清收工作是我们的难点，你们能有这样的信心和决心，我们一定支持和鼓励，并尊重你们的选择，马上开会研究。”他们的举动令我十分感动。

“清收不良贷款关键要敢于下深水，动真格，出实效，你们能做到吗？”我问。

“让实践来检验我们，请领导放心！”他们异口同声地答道。

简短的回答，让我看到了希望，也给了我极大的信心。一种责任，一份担当；一种感动，一份激情。使命在鞭策，激情在燃烧。他们一定会大有作为，我们的事业一定会大有希望，开江农信的明天一定会更加美好！

人生处处是考场

一

又是一年高考季。2019年的高考和端午节同日，相比之下，那些有高考学子的家庭备战高考的氛围要比过节的氛围浓得多。为了排遣高考带来的压力，我萌生了写点东西的想法。

18岁以前是每位学子考试频率最高，也是考试次数最多的时候，而高考却是最重要的时候，因为它决定着一个人的命运和未来。

我当年参加高考所处的时代，高考就是千军万马过独木桥的时代，而且考上大学，找到一份像样的工作，是我们的唯一出路和选择。在那个时代，我参加过两次高考，都因考试成绩不佳而名落孙山，正当我准备第三次参加高考时，一个偶然的机会，我走上了工作岗位，并为之暗自庆幸。因为在当时，上大学也只不过是为了找到一份好的工作，加之，自己屡考不中，能够提前找到一份称心如意的工作，又何尝不是人生的一大幸事呢！

然而，由于没有上过全日制大学，前些年，我还经常做着高考的梦，常常会出现某一科没有考好而惊出一身冷汗的梦境。多年后，才艰难走出高考落第的阴影。

高考靠的是实力。我之所以两次高考落榜，是因为自己贪玩好耍没有把主要精力用在学习上，知识面不够广，知识点不够多，知识储备量较少，缺乏“胸中自有雄兵百万”的自信。说到底，主要是自己没有足够的实力，那个时候还真有“书到用时方恨少”的感觉！今天，我只想对后来者说：珍惜光阴，强大自己，只要你具备足够的实力，就不怕考，家长也就不担心。

当然，也不要把高考看得太重要，那只不过是人生的一个过程。有一位名叫刘娜的作者写过这样一句话：高考不过是一场修行，分数多少并非最终。只要你一直前行，余生还有很多可能。

的确，那种“一考定终身”的时代早已一去不复返了！条条大路通罗马。莘莘学子们，放松好心情，调整好心态，人生会有更多更好的选择。

二

参加工作以后，你不要认为就不考试了，只不过相对于学生时代的考试少了许多。

因为没有文凭，你要参加成人高考；因为没有职称，你要参加职称评定资格考试；因为你没有上岗资格证，你要参加上岗资格考试……很多东西都要通过考试去获取，而且现在单位的很多考试，没有职务之分，没有年龄之分，没有专业之分……真可谓：活到老，学到老，考到老。

职业考试不是为了考试而考试。既要看政策水准，又要看业务水平；既要看综合能力，又要看专业能力；既要看个人品德，又要看职业道德……为了立身处世和出人头地，职业生涯中的每一场考试你都不能缺席。

职业考试看的是能力。理论水平仅仅是一方面，重要的是实践经验，特别是解决和处理问题的能力。如果你能把理论与实践相结合，因地制宜，与时俱进，开拓创新，勇于担当，就一定能够出类拔萃，脱颖而出，百尺竿头更进一步，看到别人不能看到的风景。

干一行，爱一行，钻一行，用工匠精神去描绘自己的职业规划和理想，考出自己职业生涯的好成绩。

三

一

社会是个大课堂，人生处处是考场。其实，人生的每时每刻都在经历着不一样的考试。

在单位要接受组织的考试，考验你是否忠诚。一个人如果没有忠诚，是永远不会得到信任和重用的，即使有天大的本事，也只能是英雄无用武之地。

在家庭要接受亲情的考试，考验你是否真诚。在我国古代历史上，梁山伯与祝英台的故事被誉为爱情的千古绝唱。家庭成员之间、亲戚朋友之间一定要相互尊重、真诚相待，这样才能和和美美、其乐融融。只有诚信和谐的家庭，生活才会美满幸福。

在社会要接受公众的考试，考验你是否守公德。雪线邮路上的幸福使者其美多吉用精益求精的敬业精神、挺身而出的英雄气概、团结友爱的真情奉献，向公众交出了一份完美的答卷。爱国、敬业、诚信、友善是每一位公民应该具备的社会公德。一个人只有经受住社会的考验和监督，做一个合格的公民，才能向社会交出一份圆满的答卷，这样的人生才会变得充实而有意义！

高考固然重要，但人生的考试更重要，要考好人生的每一场试，却是难上加难！

与其坐等其成 不如追梦前行

“我们都在努力奔跑，我们都是追梦人！”习近平总书记在新年贺词中的这句话，成为了流行语，鼓舞人心，催人奋进。

我们都是追梦人，高管团队的梦，是舍身奉献、一心为民的价值追求。2017年以来，我们高管团队确立了“一年改变面貌，两年有所起色，三年大见成效”的发展战略，提出了“凝心、聚力、破难、求变”的新时代开江农信精神，建立了“1234”工作机制，制定了规范员工行为“十个不准”，开展了“百名党员干部进村社”和机关干部驻社蹲点活动，构建了“三个三”案防网格化管理模式，推行了“三四五”作风建设专项治理，这一项项决策部署，无不彰显着我们高管团队殚精竭虑、突出重围的智慧和谋划。

干部就得先干一步。我们高管团队作为“关键少数”，需要有“关键作为”。近两年来，我们高管团队想在前、谋在前、干在前，夜以继日地带领大家提认识、转观念、求实干，一天一个新变化，一年一个新台阶，我们的工作历历在目，联社的发展有目共睹，员工的获得感大大提升，我们也收获了满满的成就和幸福，实现了由“治乱”向“治懒”的转变。

今天，新一轮进军的号角已经吹响，开启了开江农信社发展的新征程。“强基固本，开拓创新，提质增效”是我们的目标，“提档升位”是我们的努力方向，“十个抓落实”是我们开出的“良方”，而且还需要我们破除裙带关系、袍哥文化、码头文化和圈子文化的藩篱，营造一种公平竞争、崇尚实干、担当作为、感恩奋进的良好氛围。一张蓝图绘到底，一茬接着一茬干。一个问题一个问题解决，抓住改革的“窗口期”，把组建农村商业银行的梦想变为现实。

我们都是追梦人，中层干部的梦，是千帆竞发、勇争一流的踏浪领跑。追梦路上，你们是当仁不让的急行先锋和中流砥柱。

破难求变的“洪荒之力”来自哪里？就是来自对事业的责任与担当，来自内心的梦想和激情！

开江农信社的“三大银行”“四个意识”“五大建设”“五大营销”“六大工程”和不良贷款率、资本充足率、拨备覆盖率指标的优化，无论哪一项，都需要大家付出艰辛努力，方能有所成就。

县域金融市场竞争日趋激烈，面对强大的对手，千万不能有松口气、等一等的懈怠，年底城区机构的市场份额必须有所提升，乡镇机构必须打赢同业，否则，机构负责人就只有主动让贤。有极少数干部把意志消沉当作“佛系人生”，遇到歪风邪气而不敢抵制，安于现状而不思进取，稳坐官位而不作为，这种不作为的危害不比贪腐小。

等，只会浪费宝贵光阴。时间不等人，稍不留意，它就会悄悄流逝。莫等闲白了少年头，空悲切！懒汉和懦夫永远成不了大器。一万年太久，只争朝夕！

等，只会错失发展机遇。机遇只会留给努力奔跑的人。机遇稍纵即逝，错过一站就会错过另一站，一站错过站站错过，机遇不会再来！等，于单位来讲，就会失去改革发展的机遇，于个人来讲，就会失去成长成功的机遇。

等，只会消磨奋斗激情。奋斗激情增添拼搏动能。商场如战场。等，奋斗激情就会日渐衰减，最终会一败涂地。弱小的鲁国打败了强大的齐国，留下了“一鼓作气，再而衰，三而竭”的真知灼见。

等，只会竹篮打水一场空。天上不会掉馅饼。一分耕耘，一分收获。没有付出，哪有回报？大家要相信：未来既不是穷人的天下，也不是富人的天下，而是奋斗者的天下！

与其坐等其成，不如追梦前行；与其守住静止的岸，不如做艘飞驶的船；与其当块被动的靶，不如做支呼啸的箭。

我们都是追梦人，普通员工的梦，是守土有责、服务客户的稳稳幸福。存贷款营销、不良贷款压降、增收增效、服务百姓是你们的主要任务。

普通员工的努力，就是开江农信社的努力；普通员工的进步，就是开江农信社的进步；普通员工的样子，就是开江农信社的样子。每一位员工都应该知道今天该干什么，干了些什么，干得怎么样，依法合规经营，严守风险底线，筑牢案防安保防线。如此循环往复，平凡的工作同样可以出彩，平凡的岗位同样可以创造出惊天动地的业绩，平凡的人同样可以成为专家！

走进乡野，你在走村串户、上门服务；走进柜台，你在来迎去送、微笑服务；走进企业，你在出谋划策、贴心服务……工作的每一天，我们更希望看到你在用尽洪荒之力抓营销、降不良、促增收，天天有进账，日日有收获。让“四川农信——四川人民自己的银行”这张名片更加亮眼，这样的生活才会充实而有意义。

从早忙到晚，你的梦想或许就是为了对得起这份工作、对得起家人为你留着的一顿温热的饭菜，靠自己的奉献实现家庭的一些期待已久的“小目标”，为开江农信社创造一些闪耀光芒的“小美好”。

只有每一位员工都在努力奔跑，追求自己的梦想，创造出辉煌业绩，实现自己的人身价值，开江农信社才会变得更加美好，我们每一个家庭才会变得更加幸福！

“读”出来的惊喜

金秋时节，硕果累累。四川农信系统举办了党委书记读书班。通过政策解读、政治辅导、党课讲授，全系统党委书记“读”出了浓浓的政治建设味道。

“读”出了方向感。通过专家对四川省委十一届三次全会精神的解读，大家明白了习近平总书记对四川工作的系列重要指示是治蜀兴川实践的强大思想武器，具有丰富科学内涵和明确实践要求，全面推动高质量发展解决好产业体系不优、市场机制不活、协调发展不足、开放程度不深等问题，形成产业结构优化、创新活力旺盛、区域布局协调、城乡发展融合、生态环境优美、人民生活幸福的发展新格局是当前四川重要而紧迫的任务。与此同时，省委十一届三次全会确立了实施“一干多支”发展战略，构建“一干多支、五区协同”区域发展新格局，形成“四向拓展、全域开放”立体全面开放新态势，构建具有四川特色优势的“5+1”现代产业体系，营造推进全面深化改革和创新驱动发展环境，同步全面建成小康社会和实施乡村振兴战略等策略，既为四川的发展描绘了宏伟蓝图，又为我们如何找准自身定位，在四川未来的发展过程中有所作为指明了方向，从政治上保证了省委的决策部署在全省农信系统的贯彻落实。

“读”出了政治感。省纪委常委用五句伟人的话，即：政治工作是一切经济工作的生命线；不能一谈到监管就只想到纪委或推给纪委；浚其源，涵其林，养正气，固根本，锲而不舍，久久为功；制度问题不解决，思想作风问题也解决不了；明大德，守公德，严私德，做廉洁自律、廉洁用权、廉洁齐家的模范等，全面阐释了政治纪律要坚守、主体责任要担当、做官要有底线、业务制度要健全、敬畏之心要常怀等深刻道理。作为一名党委书记，必须严守政治纪律和政治规矩，不仅要学会照镜子，而且要照出自己的原形；要把纪律和规矩挺在前面，切实履行主体责任；要建立具有农信特色的政治文化，牢固树立以人民为中心的发展理念；要弥补业务制度方面的漏洞，杜绝腐败的产生；要修心修身，心存敬畏，写好人生的“正”字，向上、知耻、守正，从而达到修己以敬、修己以安人、修己以安百姓。

“读”出了责任感。省联社党委书记艾毓斌从准确把握党的政治建设内涵，充分认识党的政治建设的重要意义；以习近平新时代党的政治建设思想为指导，全面推进全系统党的政治建设；切实学深悟透，入脑入心，将党的政治建设成果转化为四川农信系统改革发展的强大动力三个方面，引经据典，旁征博引为全系统党委书记上了一堂立意高远、内涵丰富的党课；同时，也深入浅出地给大家讲授了为政者的为政之道，要求大家保持政治定力，加强个人修养，树立坦荡胸怀，指明了四川农信系统改革发展的思路、方向、目标、原则和工作重点，使全系统党委书记对加强党的政治建设，提高党性修养，永葆党的先进性和纯洁性有了更新更深的认识和理解，为全系统党委书记树牢“四个意识”，坚定“四个自信”，做到“两个维护”，增强紧迫感和责任感提供了强大的政治保障。

“问渠哪得清如许，为有源头活水来。”党委书记读书班读出了政治，读出了觉悟，也读出了惊喜！

读懂领导讲话

——学习领导讲话感悟

领导讲话大都是在充分调研的基础上形成的，是理论与实践的结合和结晶，站位高，看得远，举措新。读懂领导讲话，是工作落地落实的关键。

从领导讲话中学要义。领导讲话要义，如同一篇文章的中心思想，是工作部署的指导思想和目的意义，主要解决思想认识问题，也就是解决“为什么”的问题。比如四川农信为什么要助力乡村振兴战略，领导在讲话中，从乡村振兴战略把“三农”事业发展提升到了新境界、农业农村改革为“三农”事业发展增添了活力和动力、相关资源的有机融合为四川农信支持“三农”创造了良好外部环境、经济社会的一系列变化为四川农信系统发展带来了机遇和挑战、农村市场的新需求对农村金融产品服务的新要求、同业竞争在“三农”领域加剧给四川农信系统带来的新挑战等六个方面，讲清了助力乡村振兴战略的目的意义。字斟句酌，读懂领导讲话要义，就能解开思想疙瘩，提高政治站位，对于推动工作产生积极的作用。

从领导讲话中抓重点。领导讲话一般都要明确抓哪些工作。工作重点就是领导讲话中目标任务及主要工作，也就是解决“干什么”的问题。比如关于助力乡村振兴战略，领导在讲话中，把目标任务进行了具体化，并从十一个方面进行了安排部署，增强了工作的针对性，从而使基层能够在具体工作中做到有的放矢。细细品味，读懂领导讲话重点，就不会盲人骑瞎马而抓不住工作重点。

从领导讲话中找方法。要干好一项工作，就要不为困难找借口，只为成功找方法。方法，就是“怎么干”的问题。其实，在领导的讲话中，往往既明确了工作重点，又指明了工作方法，关键在于我们是否在用心研读，是否能够真正领会。在助力乡村振兴战略中，领导要求做到“五共”“五跟上”，就是我们干好工作的“金钥匙”。读懂领导讲话，融汇贯通，工作就会有成效。

读懂领导讲话，就要学要义、抓重点、找方法，知道为什么、干什么、怎么干。

总之，学习领导讲话要细读慢品，融汇贯通，切忌囫囵吞枣，断章取义！

壮哉！其美多吉

中共中央宣传部2019年1月25日向全社会发布其美多吉的先进事迹，授予他“时代楷模”称号。

其美多吉是中国邮政集团公司四川省甘孜县邮政分公司邮车驾驶员，承担川藏邮路甘孜到德格段的邮运任务。他爱岗敬业，30年如一日，驾驶邮车在平均海拔3500米的雪线邮路上运送邮件，累计行驶里程140多万公里，没有发生一起责任事故。他意志坚强，在遭遇歹徒袭击时挺身而出，用鲜血和生命守护邮件安全，身负重伤后坚持康复锻炼，以坚韧的毅力重返工作岗位。他珍爱团结，以螺丝钉精神紧紧钉在川藏线上，将来自党中央的声音、祖国四面八方的邮件送往雪域的各个角落，用真情奉献为促进藏区经济社会发展做出了积极的贡献，被群众誉为“雪线邮路上的幸福使者”。

观看了中央电视台“时代楷模”节目，让人不得不被这位康巴汉子的精神所感染，不得不对这位康巴汉子油然而生敬意。

精益求精的敬业精神，首先是3个数据最有说服力。30年是人生半辈子光阴，而且是其美多吉人生最宝贵的青春年华；平均海拔3500米，常年积雪，空气稀薄，高寒缺氧，称之为“生命禁区”；行驶里程140多万公里，相当于绕赤道35圈或在南北极之间往返两次，没有锲而不舍的精神，是不可能坚持下来的。其次是他“干一行、爱一行、钻一行”的工作态度。在川藏线上行车，用四川电视台导演梁丰的话来说，就是在“玩命”，可见其危险程度，而他却做到了“没有发生一起责任事故”，如同一个银行员工工作30年，经手业务数万笔，而没有一笔差款错账一样，没有过硬的本领是做不到的。这既是对“老西藏”精神、“两路”精神的传承，又是对新时代“工匠精神”的弘扬。

挺身而出的英雄气概，“人在车在”他担任邮车驾驶员时，心里只有这样一个信念。面对一群手持砍刀铁棒拦路抢劫的歹徒，为了保护邮件，他毫不畏惧，挺身而出，身中17刀，肋骨被打断4根，头盖骨被掀开一块，左脚左手静脉被砍断，倒在了血泊中，住进医院做了8个小时手术，三天三夜不省人事，在重症监护室住了一个星期，但藏区孩子的教材保住了。他先后做了大大小小手术6次，住院长达三个多月，伤愈后，为了克服手指重度粘连和胳膊肌腱粘连，他采取破坏性魔鬼式的康复疗法，承受了常人难以想象的痛苦，通过超强的毅力得以恢复健康。公司领导为了照顾他，给他安排了一个办公室文员岗位，而他却接连6次申请重返邮车驾驶员岗位，终于实现了他“车在人在”的愿望。其美多吉的儿子扎西泽翁这样说，父亲在他的眼中就像一座大山，眼看要倒下了，然后又重新站了起来！

团结友爱的真情奉献。在行车途中，总会碰到其他人遭遇困难，其美多吉总是主动上去帮忙，而在帮助别人之后，他又无声无息地离开了。30年来，被他帮助过的人不计其数。当记者问他，你为什么要这样做？他却说，他只是做了一个善良人应该做的事。他还在雪线邮路上结识了很多朋友，经常为道班工人带回蔬菜和水果……30年来，他把雪线邮路跑成了藏区人民的暖心路。

其美多吉，不愧为邮政人的骄傲，四川人的榜样，中国人的楷模！

学会举一反三

举一反三是指从一件事情类推而知道其他许多事情。《论语·述而》："举一隅，不以三隅反，则不复也。"后以"举一反三"比喻触类旁通。

现实生活中，人们却往往只会"举一"，不会"反三"，这就是人们常说的思维"断片"，而一个人要想获得成功，就必须学会举一反三。

学会举一反三，对个人成长有好处。初涉世事，常常会出现思维"断片"的现象。我刚到机关办公室工作时，领导常常打来电话，问"你到单位了吗？你在办公室吗？"等，领导问什么，我就答什么，却不知道举一反三，问问领导有什么事。随着时间的推移，我才幡然醒悟，领导欲言又止，可能有什么事情要交办，但又没有说出口，一则可能不放心，二则可能担心办不好。但反过来，如果我不闻不问，领导就有可能认为，我很愚钝，情商低，缺少灵性，头脑呆板，如同"点油的灯盏，刨一下亮一下”。后来，我学会了举一反三，自己也得到了很多实践锻炼的机会，个人能力提高很快，同时也收获了成长和进步。

学会举一反三，对工作推动有好处。前不久，我到一个机构驻社蹲点，要求该机构找各村支部书记代发《到逾期贷款催收通知书》，发通知书倒不是目的，目的是为了保全贷款诉讼时效和收回到逾期贷款。如果目的不明确，为了发通知书而发通知书，那样的无用功，既浪费人力，又浪费物力、财力，还有何价值呢？不如干脆不做！如果该机构的同志能够做到举一反三，进一步跟踪落实到位，结果就会事半功倍，不良贷款的清收效果也就大不一样了。由此说明，要干好一项工作，同样需要举一反三。

学会举一反三，对事业发展有好处。最近，我参加了系统内组织召开的不良资产清收处置现场推进会。如果仅仅是为了开会而开会，不举一反三，那就起不到任何作用。在返社途中，我在思考，兄弟行社的经验告诉了我们什么，那就是：有一位好的班长；有一个好的高管团队；有一套好的处置方案；有一种较强的执行力。通过举一反三，我找到不良资产清收处置的措施，即必须在细化方案上下功夫，必须在深化作风上下功夫，必须在硬化落实上下功夫。可见，举一反三对于理清思路，推动事业发展大有裨益，当领导更应学会举一反三。

多年来的工作实践告诉我：举一反三，好处多多，多多益善，受益匪浅。

话说“营销”

营销是企业将产品销售给客户的过程。它既是一门学问，又是一种艺术。

营销需要敬业精神。在众多银行业保险机构的营销工作中，让我最佩服的还是保险机构员工的敬业精神，他们早上起床的第一件事，就是给自己和职工打一针“鸡血”，发一条励志的短信，然后就是不厌其烦地登门拜访，使出百般武艺，推销自己的产品，巧言令色，能说会道，有时甚至能将“稻草”说成“金条”，直至让客户“屈服”，购买他们的产品为止。保险机构的营销之所以能够出业绩，关键还是源于员工的敬业精神。

营销需要养成习惯。习惯就是通过实践和经验而养成的一种自觉行动，做一个动作而想到做其他动作的连锁反应。做营销也一样，不能为了营销而营销，即使做与营销无关的事，也要想到营销，这样就形成了一种习惯。我们经常到一个羊肉汤锅店吃饭，店里有一位年近六旬的老太婆在搞服务，每一次端上汤锅的时候，她总会问一句："需要什么酒水，点什么小吃……"我想，这也是她在那里长期服务养成的一种习惯吧！有这种营销意识的人，无论哪个行当都需要。如果一家银行的客户经理只放贷款，而没有营销存款、电子银行、理财和代理业务的习惯，那就连饭店搞服务的老太婆都不如了，这样的客户经理也不是银行所需要的。

营销需要形成文化。一家企业要行稳致远，需要一种独特的企业文化，一家银行要成为"百年老店"，同样需要一种固有营销文化。四川农信提出了"多找客户，找好客户"的营销思路，倡导开展"五大营销"，即系统营销、分层营销、综合营销、全员营销、精准营销，这就是四川农信的营销文化。要通过建立营销先锋队，示范、带动、传导营销先进典型经验，将这种营销文化渗透到各项工作中，潜移默化地落实到具体行动上，并逐渐将其固化下来，形成具有四川农信特色的营销文化，从而将四川农信打造成"百年老店"。

营销需要职业道德。良好的职业道德是每一位公民的行为准则，也是每一家企业的经营法则。要树立"客户至上"的理念，牢记"客户满意是企业生存发展的源泉"，一切为了客户，想客户之所想，急客户之所急，解客户之所难。如果为了营销而欺诈、蒙骗、坑害客户，使客户遭受损失，那就无异于杀鸡取卵，竭泽而渔，那样只会让自己的路越走越窄，最终导致客户流失，步入山穷水尽的绝境。

话说“胆小”

记得刚参加银行工作时，父亲对我说：“你胆小，适合干银行工作，我很放心！”这既是对我的鼓励，又是对我的期望。

的确，一路走来，我没有让他失望，从一名普通员工一直到银行高管，我尝到了胆小的甜头。

在金融这个行业中，我们时常眼睁睁看着一些人走着走着就离开了，一些人走着走着就不见了，除了个别人有更高目标追求外，其余大多数都是因为不够“胆小”而离开或者消失的缘故吧！

其实，胆小不是怕事，而是做事谨慎；胆小不是保守，而是一种修为；胆小不是逃避，而是心存敬畏。胆小就是小心翼翼，谨慎行事，常有如履薄冰，如临深渊之感，是原则和纪律的自我约束，是对自警、自省的忠诚守护，是对纪律和法律的敬畏，是踏实稳重的表现，它与明哲保身的怕事、瞻前顾后的保守和不敢面对现实的逃避有着天壤之别。一个人能做到“胆小”，一生都很受用。一个胆小的人常常会掂量做事的后果，人生的道路不会有较大的偏差，一般也不会犯较大的错误，即使有点小的偏差，也是容易得到矫正的。正所谓：迷途知返，为时未晚。总之，胆小不会有太大的后患。心存敬畏，写好人生的“正”字，向上、知止、守正，时刻做到心中有民、心中有责、心中有纪、心中有戒，于人于己于事业都有好处。

然而，在我的这个行当中不乏有一些不信邪的人，他们无限放大自己的胆量，胆大妄为，无所不为，置政策规定于不顾，置纪律法律于不顾，突破道德的界限、制度底线，甚至法律红线，给国家、单位和事业造成了不同程度的损失，其结果有的被自己的胆大买断了工龄，有的被自己的胆大买断了自由，甚至有的被自己的胆大买断了生命。如近期某机构的一名员工因挪用资金被解除劳动合同；某行几名员工因为发放借名贷款被移送司法机关；某家银行的董事长在办公室自缢而终等，凡此种种，不胜枚举。胆大的危害之大，后果之严重，就不言而喻了。

小心始得万年船。在银行工作的朋友们，还是“胆小”为好！

话说“点赞”

点赞，就是人们对某个观点和某种行为的认同和赞赏。它是一种常见的网络表现形式，是用符号表达情感的一种最便捷的方式。

生活中，人们点赞的时候非常多，有给别人点赞的，也有被别人点赞的。

点赞有激励的，也有附和的，甚至还有违心的。

激励的点赞，传递的是正能量。比如一个人不惧危险，舍己救人的行为；坚持正义，勇斗歹徒的行为；乐于助人，甘于奉献的行为等，传播的都是真、善、美，只要是人间大爱和世间真情，都值得点赞，更值得分享和弘扬。

附和的点赞，是一种虚情假意的赞美。这样的点赞来得快，近乎于“秒杀”，甚至不读全文，不解其意，不分青红皂白，悲伤的、痛苦的、气愤的话题，一律通赞，结果适得其反，让人啼笑皆非。就像一些人发节日祝福语一样，移花接木，一律群发或转发，结果是张冠李戴，让人难以接受，这样的祝福，无论多么华丽的辞藻，也抵不上一句普通的问候。其实，这样的点赞，有的是为了引起别人的注意，有的是为了赢得别人的好感，有的是为了博得别人的欢心，有的纯属是人云亦云，随声附和而已。凡此种种，我就不作更多的评判了。

违心的点赞，完全是违背社会公序良俗的，这种点赞就更可怕了。比如一些商家为了通过网络达到营销的目的，常常规定，积攒够多少个赞，就可以获得什么什么样的奖品馈赠，或者取得到哪里旅游度假的资格……为了获得这样那样的好处，人们根本不知道所营销产品的质量和信誉，就盲目地跟风传播，混淆人们对事物价值的辨别。到头来，坑害的是消费者，欺骗的也是自己。

但愿多一些激励的点赞，少一些附和与违心的点赞，甚至没有，岂不更好？

别当麻木的看客

2018年11月2日，致15人死亡的重庆公交坠江事故原因公布：乘客坐过站要求停车，在长达五分多钟的时间里与司机激烈争执并互殴，致使车辆失控坠江，15个鲜活的生命就这样瞬间消失。

然而，十多年前，我的一位同学乘坐一辆客车返回单位途中，在客车翻越铁山的时候，车上突然出现一伙持刀抢劫的歹徒，就在这危急关头，身为警察、身着便衣的他，临危不惧，挺身而出，与歹徒搏斗，车上的乘客被他见义勇为的行为所带动，大家一起制服了歹徒，他虽然受了伤，但保全了全车人的财产和生命安全。

两起事故，不同结果。后者之所以能保护全车人的财产和生命安全，是因为他们没当麻木的看客，而是面对危险，愤然抗争，自己拯救了自己；而前面那起事故中的另外13人在司乘人员长达五分多钟的争执和互殴的时间里，竟无一人出面劝解和制止，甘当莫名的看客，生怕惹火烧身，视而不见，保持沉默，可见这些人麻木到何等地步！难道没有一个人想到危险已经逼近自己了吗？如果当时有人拉她一把，也许悲剧就不会发生，结果恰恰相反。戾气的她错过了一站，让全车人错过了一生，没有谁能独善其身，独自保全其命。不为正义而战，就得为邪恶陪葬。人们在为逝去的生命感到同情和惋惜的同时，更为他们麻木和无知感到悲哀，他们为自己的无动于衷埋了单，这样的代价是何等地惨重！这种痛苦再也不能弥补！这道伤痕永远无法抹平！

重庆公交坠江事故的背后，我们不得不深感人性的缺失，不得不唤醒人们对社会公德教育的反思。

愿逝者安息！

教练换人与领导用人

——观俄罗斯世界杯有感

近段时间，俄罗斯世界杯吸引了全球无数人的眼球，大多数人都把关注的目光放在了球队的输赢上，很少有人过问足球背后的那些人那些事。

常言道：“内行看门道，外行看热闹。”一个球队的输赢，除了看明星球员的发挥、团队的协作，还要看教练的指挥、战术的布置、合理的用人等，是取胜的关键。一场比赛，细心的观众不难看出，教练不时在场边对场上的队员面授机宜；同时，比赛进入到一定时间，教练都要对场上表现平平的队员做出一些调整，目的是让新上场的队员能够把教练的意图带到场上，解决好被换下场的队员原来在场上没有解决的问题；所以什么时候换人，换上什么样的人，解决什么问题，教练员的作用就显得尤为重要。比如本届世界杯小组赛中，俄罗斯队和沙特队的比赛在进行到28分钟时，双方进入胶着状态，俄罗斯队教练切尔切索夫换上了切里舍夫，立刻见到了效果，在比赛进行到45

分钟时，俄罗斯队攻入一球，结果俄罗斯队赢得了这场比赛；又如在另外一场克罗地亚队和尼日利亚队的比赛中，由于尼日利亚队教练用错了伊沃比，结果尼日利亚队输掉了这场比赛。

其实，领导用人与教练换人也有异曲同工之妙。领导用人，也就是要把合适的人，放在合适的岗位，干适合他干的事。用好人，就能人尽其才，事半功倍；用错人，就会浪费人才，事倍功半。领导用人，就是要用政治上可靠的人，用执行力较强的人，用有创新思维的人。只有用政治上可靠的人，才能保持政令畅通；只有用执行力较强的人，才能保证工作落地落实；只有用有创新思维的人，才能人尽其才，破难攻坚，创造奇迹。刘邦之所以能战胜项羽，就是他能够用人之长，他用张良出谋划策，用韩信带兵打仗，用萧何安邦治国，所以能够成功。项羽虽有范曾，但不能为其所用，所以失败。实际工作中，用好一个机构负责人，就可以把一个机构搞得红红火火；用错一个机构负责人，必然给事业埋下祸根，造成难以挽回的损失。

可见，领导用人比教练换人要重要得多。一场比赛输了，输掉的是荣誉，丢掉的是面子；一项事业输了，输掉的是财富，丢掉的是未来。

知人善任，任人唯贤，人尽其才，功莫大焉！

两强相遇智者胜

——观2018年俄罗斯世界杯决赛

我虽然不是球迷，但却被全世界数亿球迷浓烈的看球氛围所感染，早早坐在电视机前，等待着第21届世界杯法国队和克罗地亚队决赛的到来。

决赛开始前，是一个简短的闭幕式，精彩纷呈的节目表演，把整个赛场的气氛推向了高潮。

莫斯科当地时间18点，法国队和克罗地亚队决赛正式开始。比赛中，克罗地亚队自始至终都打得比较主动，保持着中场优势，场上控球率高达61%；而法国队则处于被动防守状态，进攻不占优势，控球也处于劣势，但他们的打法很务实，防守反击的速度和质量都很高，进球的成功率也相当高。官方数据统计，法国队7次射门，4次进球，克罗地亚队17次射门，只进了2球，最终法国队以4∶2战胜了克罗地亚队，捧走了大力神杯。

纵观这场比赛，两队的实力相当，都是一路过关斩将而杀进决赛的。法国队之所以能够赢得比赛，关键在于：一是沉着应对，无论对手多么强大，进攻的火力多么猛烈，他们始终秉承自己的战术打法，不受对手的干扰而乱了阵脚；二是抓住机会，他们善于把握每一次射门的机会，提高进球的成功率；三是务实高效，打法简练实用，不做无用功。

两强相遇，比的是心智。内心的强大是获胜的关键，谁的内心强大，谁就有战胜对手的可能。“战略上藐视敌人，战术上重视敌人。”法国队赢球再次证明了这一点。

两强相遇，抓的是机会。机会对于每一个队、每一个人都是公平的。机会稍纵即逝，机不可失，失不再来。谁能够抓住机会，谁就能主宰自己的命运，赢得最后胜利。

两强相遇，靠的是务实。打一场比赛或者干一项工作，贵在务实高效。如果只靠花拳绣腿，哗众取宠，做表面文章，自欺欺人，就不能达到最终目的，结果都只能是“瞎子点灯白费蜡”，所以务实高效是克敌制胜的法宝。

领悟与醒悟

领悟就是老师和前辈的指点下体会、解悟，即聪明的人一下子就明白了意思，而醒悟就是一段时间处于迷糊之中的人突然茅塞顿开，幡然醒悟。

人的一生就是不断在领悟和醒悟的交织中逐渐成长进步的。悟性高的人进步快，醒悟早的人失去少。从小进入学校读书，老师给你传道授业解惑，让你明白一些道理，这是一种领悟；步入社会以后，前辈和同事的指点，使你增加一些阅历，这也是一种领悟；能够在分享别人的作品中得到一些收获，更是一种领悟。越是聪明虚心的人，领悟能力就越强，储备的知识和阅历就越多，在人生道路上就会走得越快，最终先人一步。记得刚到办公室工作，一位长辈告诉我，做一个有心人，把所写的东西收集起来，最终集结成集，让那些零散的文字有了“归宿”；加入四川金融作协，同行唐晓康老师讲，每天坚持写好300—500字，使我找到了笔耕的“方法”；结识中国金融作协的朱晔老师，从他的文章中，我读懂了什么叫“坚持”……在生活中，一个人往往会养成固定的思维模式和生活习惯，常常会适得其反，当你幡然醒悟，已经失去了很多。小时候，总认为自己的牙齿很硬，再硬的骨头都敢啃，到头来落得个满口坏牙；年轻时，总以为人生很漫长，常常把“一寸光阴一寸金，寸金难买寸光阴”当作耳边风，一晃半辈子过去了，这时才知道时间的宝贵和不够用。“书到用时方恨少”，看似一句普普通通的俗语，平时在意的人不太多，一旦到了用的时候，就会感到本领恐慌，感到能力之不足，尝到的却是“黑发不知勤学早，白首方悔读书迟”的苦头……回望自己走过的路，才知道自己失去的已经很多很多，愧对的人和事也太多太多，醒悟得太迟了。

读万卷书，用心领悟，把弯路走直；行万里路，及早醒悟，看到更美的风景。

领悟是一种智慧，醒悟是一种觉悟。做一个有智慧的人，做一个有觉悟的人，平凡的人生也会绽放出不一样的精彩！

最后，赠予一句话：只有一条路不能选择——那就是放弃的路；只有一条路不能拒绝——那就是成长的路。

学校办学与企业管理

新学期马上就要开始了，学校要举行一个新学期新生家长见面会和选课说明会。

一大早，儿子就催促我到学校去。说实话，参加这样的会，我还是第一次，为了不让儿子失望，我满口答应了下来。

我们匆匆吃过早饭就赶往学校，等候会议的召开。

会议开始时先播放了一段视频，直观地展示了学校的办学情况。然后，校长介绍了学校的管理团队、教师团队，办学理念，对老师、家长的要求，孩子在小学中、高段应该养成什么样的习惯，以及家长遇到问题怎么办等，最后还对兴趣课程的选择做了说明。

其实学校举行这样一个家长见面会，既是对学校教学模式的推介，又是对培育教育产业的营销，这样的推介和营销同样值得企业管理学习和借鉴。行业不同，管理相通！

先进的理念是事业成功的关键。该校把“用爱心和智慧润泽孩子的生命”作为底色，把“实施全人教育理念下的个性化课程体系”作为载体，不失为先进的办学理念，体现了因人而异、因材施教的素质教育原则，不唯书、不唯分，只唯实。作为企业，其经营理念同样十分重要，没有先进的理念，就如同射击没有靶心，没有永恒的、始终如一的精神追求，就会永远步人后尘，因此，必须向学校办学一样，树立先进的管理理念。只有这样，才能先人一步，赢得更大的市场、更多的客户和更加美好的未来。

良好的方法是制胜的法宝。该校的办学方法也很值得推崇。他们从心怀爱心、用心设计活动、严谨教学、与家长交流的专业度、单纯温暖的教师团队等五个方面来评价老师，给家长的任务是督促孩子养成阅读的习惯（选择一本好书，每天坚持读几页，日积月累）、整理的习惯（在家里建立读书角，分类整理书籍）、锻炼习惯（周末开展1—2项专项运动）、作业习惯（按时完成作业），同时小学中段要培养孩子分担家务的习惯（家庭会议，家风家规）、逐渐形成逻辑思维能力（思维导图）、逐渐形成综合思维能力（旅游攻略），达到不怕事、能做事，小学高段要培养孩子主动学习的习惯、自我规划的习惯、自我调节的习惯。这样教师有了压力，家长有了任务，学校和家庭结合，共同促进孩子成长进步。在企业管理中，同样可以对高管团队、中干团队、普通员工队伍设立一定的工作目标和提出具体的工作要求，并建立一套完整的激励约束机制，通过目标管理，既能提高干部的履职能力，又能提升团队的团结协作能力，从而达到所需要的效果。

广泛宣传是做好营销的前提。学校通过召开家长见面会的形式，让每一位家长知道在孩子培养过程中学校、家庭各自该做什么、怎么做，从而找到培养孩子成长的结合点。企业的经营同样如此。工作中，我们不难发现，客户往往不知道企业有哪些产品，也不知道如何去获得自己所需要的产品，所以，企业必须做好宣传推介，通过召开宣讲会、推介会，让客户知道自己有哪些产品，产品有哪些功能和特点，提高客户对产品的认知和体验，客户才能根据自己的需要做出选择，从而更多地使用自己的产品，提高产品的市场份额。宣传的好坏，决定营销的效果。可见，宣传是何等重要啊！

“其实每个孩子都是一颗花的种子，只不过花期不同。有的花，一开始就很灿烂地绽放，有的花，需要漫长的等待。不要看到别人的怒放了，自己的那颗还没有动静就着急，相信是花，都有自己的花期。细心呵护每一朵花，慢慢地看着他长大，陪着他沐浴阳光风雨，这何尝不是一种幸福。也许你的种子永远不会开花，但，或许他会慢慢长，长成参天大树呢！”校长意味深长的结束语，使我又一次陷入了沉思……

有感于“前人栽树”

有一位朋友从外地买回一棵树，栽在自家的院子里，希望将来长出婆娑的枝丫遮出一片阴凉，结出鲜艳的果实供人观赏，长成粗壮挺拔的枝干实现增值，这就是人们常说的“前人栽树，后人乘凉”。

前不久，我到一个机构与一位客户经理交流，面对居高不下的不良贷款额，这位客户经理对过去客户经理的所作所为有感而发：“前人栽树，后人遭殃。”

为何相同的行为，结果却大相径庭呢？自然界植物的生长，除了与植物的本质有关，还与其生长的环境、气候有关，不然怎么会有“橘生淮南则为橘，生于淮北则为枳”呢？金融机构的不良贷款同样如此，不仅与经办贷款的客户经理有关，而且与借款人的还款能力和诚信环境有关。

诚然，在金融市场乱象整治的过程中，我们不难发现，一些不良贷款的形成，少部分是经济下行造成的，大部分责任还主要在于个别客户经理，此所谓：三分天灾，七分人祸。一方面是因为他们的业务水平低，缺乏风险管控能力，另一方面则是他们不是为了事业和未来着想，而是有自己的想法和目的。有的想现在栽树，马上乘凉；有的想自己栽树，自己乘凉……目的是从中得到利益和好处，完全违背了栽树的目的和初衷，自然会出现后面这种结果。

但愿金融部门的客户经理多一些“前人栽树，后人乘凉”的想法，少一些“自己栽树，自己乘凉”的动机。

活出生命的价值

“只争朝夕，不负韶华”是习近平总书记在2020年新年贺词中的励志语。他是在勉励每一位中华儿女不要辜负美好的时代，活出生命的价值，为实现中华民族伟大复兴的中国梦而不懈奋斗。

我们今天生活在一个中华民族从富起来到强起来的时代，历史上没有哪一个时期比现在更接近中华民族伟大复兴。到2019年末，我国的国内生产总值预计将接近100万亿元人民币、人均将迈上1万美元的台阶，我国已经步入了高质量发展阶段，全面建成小康社会已经指日可待，综合国力显著增强，国际地位大大提升。我们应该为国家的繁荣昌盛而感到骄傲，我们应该为能赶上这样美好的时代而感到自豪。

人最宝贵的是生命，生命的价值在于奉献。《钢铁是怎样炼成的》一书的主人公保尔·柯察金有这样一段名言：“人的一生应当这样度过：当他回忆往事的时候，他不会因为虚度年华而悔恨，也不会因为碌碌无为而羞愧；在他临死的时候，他能够说：我的整个生命和全部精力，都献给了世界上最壮丽的事业——为人类的解放而斗争。”人们敬佩保尔钢铁般的意志，学习他追求生命的价值。在我们这个伟大的国度里，也不乏大批的仁人志士。无论是杂交水稻之父袁隆平、青蒿素发现者屠呦呦，还是雪线邮路上的幸福使者其美多吉、饱读诗书的外卖小哥……他们都在用自身行动诠释生命的价值，演绎人生的精彩，推动着人类文明和社会进步。

一代人要有一代人的追求，一代人要有一代人的奉献。出生在20世纪60年代末期的我，当时处在千军万马过独木桥的时代，由于缺乏目标感和进取心，懵懵懂懂度过了童年，迷迷糊糊走过了少年，浑浑噩噩迈过了青年，直到跨过知天命的门槛，才从艰难的文字跋涉中如梦初醒，方知时间的宝贵，后悔自己虚度了年华。有道是：莫等闲，白了少年头，空悲切。然而，人生的艰难曲折又激发了我只争朝夕、奋勇拼搏的斗志，在辛苦操劳和一篇篇散发着墨香的作品中找回了自信，即使面对困难和挑战，依然不屈不饶，负重前行。为了教育引领下一代，去年下半年在儿子七年级上学期的学籍档案卡中“家长寄语”一栏里，我写下了这样的文字：……珍惜光阴，不负韶华。正如当年父亲教导我“少壮不努力，老大徒伤悲”一样，只可惜我有负于父亲的期望。儿子不解地问："不负韶华是什么意思？"我回答道："就是珍惜美好时光。"儿子若有所悟，尔后点头应许，并立下远大志向。但愿他能够理解做父亲的良苦用心，珍惜美好时光，实现人生梦想，做一个对社会有用的人。从我做起，从身边的人做起，一代接着一代干，人人都贡献一份力量，我们的国家就会变得越来越富强。

只争朝夕，不负韶华，就是争分夺秒，与时间赛跑。要有坐不住的责任感，慢不得的紧迫感，等不起的危机感，不然就会错失良机。我时常告诫自己的团队，我们所干的事业就是一场接力赛，如果跑前面几棒的掉了队，那就要在我们手中这一棒跑出加速度，跑出好成绩，弥补前面的欠账和差距，这样才能够实现后发赶超，赢得最终胜利。同样，只要我们一代又一代人持续奋斗，中华民族伟大复兴的中国梦就一定能够实现。

文化带来的感动

为弘扬“乌兰牧骑”精神，庆祝改革开放40周年，中国金融文化四川行采风活动来到偏远的秦巴山区开江县，作家们走乡镇，进村社，访农户，是我参加金融工作30年来头一回见到。他们待人的真诚和务实的作风无不温暖和感动着基层的每一位员工。

记得那天《中国金融文化》和《金融文坛》的总编们来到开江，已是晚上7点，一路舟车劳顿，他们却没有一点倦意。匆匆吃过晚饭，闲聊时，《中国金融文化》的李晔总编看到大家围在桌旁，一些人坐着，一些人站着，她立刻招呼站着的姐妹们到她身旁坐下来，嘘寒问暖，拉家常，询问中国金融作协基层会员创作、工作和学习生活情况，帮助大家答疑解难。作为国家级金融刊物的大总编，没有一点架子，显得十分亲切，如此平易近人，礼贤下士，细致入微，不能不令人感动。

第二天，天公不作美，下起了小雨。他们坚持冒雨

来到靖安乡竹溪村，行走在田间地头，参观“稻田+”项目和鱼、虾、蟹混养，了解农民生产生活状况，目睹当前中国农村稻田经济的绿色革命，他们被实施乡村振兴战略的场面所震撼，看到了未来中国农村发展的希望。《金融文坛》总编范振斌感慨地说：“中国美，必须农村美；中国富，必须农民富。”李晔总编说：“我以前最厌烦下雨天，但今天我很高兴，因为我看到了雨中最美的风景。”他们深入基层，务实的举动，再一次让我们感动。

在李家大院，总编范振斌，四川金融作协主席、书法家协会主席潘凌，中国农业银行作家协会副主席秦朝林等大师不吝笔墨，欣然提笔，大献墨宝。“四川农信 四川人民自己的银行”“在农信、爱农信、干农信”“四川农信是我家，我们一起呵护她”等书法作品表达了当地老百姓和农信员工的心声，激励着大家为了老百姓脱贫致富奔小康而不懈努力，同时也给大家留下了永恒的记忆。

文化是魂。金融文化是金融人的精神食粮。在随后的座谈中，我以《农信人的“绣花”功夫》为题，介绍了开江联社金融精准扶贫工作的开展情况，农信社的主力军作用得到了大家的认同。人行、银监等部门负责宣传工作的领导对加强金融文化建设提出了很好的意见，潘凌主席介绍了四川金融文学发展情况，以及金融文化对金融工作的推动作用，李晔总编和范振斌总编充分肯定了四川金融文化建设所做的工作，对四川金融文化建设给予了高度评价，同时希望四川金融文学多出精品，在中国金融文坛上绽放出新的光彩，更好地发挥金融支持地方经济发展的作用。

相见时难别亦难。在火车站分别之际，我们四目相视，眼含热泪，真有一种难舍难分的感觉，我们只好坚定地扭过头，踏上各自的征程，期待的是下一次早日相见！

培训感悟

——写在中国金融作协创作培训结束之际

周末参加中国金融作协创作培训，短短两天时间，使我受益匪浅，感悟很深，感概颇多。

培训安排井然有序。两天培训时间，既有专家精彩讲授，又有学员讨论发言，还有领导安排工作。时间安排非常紧凑，中午没有休息时间，晚上讨论交流至11点。此次培训让我真切感受到时间的宝贵，更要分秒必争，倍加珍惜。同时，也使我领略到了北京紧张繁忙的工作节奏，体会到了在北京工作竞争的激烈程度和生活的压力。

作协领导全程参与。金融作协领导和秘书处的同志们对此次培训高度重视，精心组织。金融作协主席阎雪君、常务副主席龚文宣自始至终参与，与学员一起同吃、同住、同学习，常务副秘书长李晔和秘书处的其他几位同志与学员形影不离，全程服务，确保了整个培训工作的顺利开展，圆满落幕。我由衷地佩服他们对事业的这种态度和责任。

专家讲授精彩纷呈。中国作协创联部主任、著名作家彭学明从“笔下有乾坤”进行展开，讲授了如何追求语言、情节、人物的艺术，写出生活的烟火味、世俗味、人情味，让读者找到吃奶、吃苦、吃亏的感觉；人民文学编辑部主任、著名青年作家徐则臣就怎样把东西写好，如何把最好的作品呈现给编辑和读者做了讲授；中国信达资产副总裁、中国金融作协副主席庄恩岳对《写作的哲学思维》进行了讲授，对写作什么、观察什么、思考什么、怎么写作和提高自我做了详细阐述；中国金融作协副主席龚文宣作了《金融文学创作状况与发展方向》的报告；中国金融作协主席阎雪君回顾了中国金融作协发展历程，传授了他的写作经验，分享了如何做一个高情商的人的切身体会……全体学员听得如痴如醉，掌声此起彼伏。

培训学员刻苦认真。每一位学员都非常珍惜这次宝贵的学习机会，课堂秩序良好，课堂气氛十分活跃，老师讲解非常精彩，没有一个人迟到早退和因事请假，成人培训的激情如此高涨，学习如此刻苦认真，我还是第一次见到。学员成继跃收集了所有领导和学员的签名，学员刘学升对专家的讲授全程进行了录音，学员李永军承担了整个培训和会议的照相任务，学员杨高峰在微信群里晒出了工整的学习笔记……所有这一切，无不体现出学员们的良苦用心，也使我从中找到了一些学习的方法和技巧。

金融作协人才济济。从讨论交流发言来看，中国金融作协真是卧虎藏龙，人才辈出。中国金融作协主席阎雪君是中国知名作家，作品达360余万字；四川金融作协主席潘凌身兼四川省金融书法家协会、音乐家协会、摄影家协会等诸多协会主席职务；四川金融作协副主席董汉勇有两部作品即将拍摄成电影；广东金融作协罗宏宇的作品最近被搬上了银幕；重庆金融作家张奎的小说被中国作家杂志刊载。还有郭红英老师、王炜炜老师对待交流发言的认真态度，都使我大开眼界。还有很多很多不为我所知的人，他们的成功并非偶然，而是他们对文学坚定不移的精神守望和夜以继日的艰辛付出，同时，他们把职业和事业的关系处理得十分妥贴，实现了职业和事业“两不误、双丰收”，使人不得不对他们肃然起敬。

培训学习感悟颇多。只有参加培训学习，才不会觉得知识恐慌；只有走出去，才知道世界有多大；只有相互比较，才知道差距有多大；只有看到人性的善良，才知道别人的情商有多高；只有看到别人的辛勤付出，才知道成功从何而来。

幸福是奋斗出来的，奇迹是创造出来的，成功永远属于那些有准备的人。

“闲人”听雨

“仲夏之夜/粗糙雨棚俗不可耐/但是/从天而降的空气/降落/声音的弦律/因人而异”，这首题为《临近零点的零点记忆》诗，是一首写夏雨的诗，是我的一位教师朋友写的，他的笔名叫“闲人”，所以我把它叫作“‘闲人’听雨”。

看到他发的朋友圈，我说，您又触景生情啦！他说，雨的声音有一种触及人心的旋律。安静的时候听雨，有太多的回忆。比如茅房瓦舍、割猪打草、求学谋生。当然，还有后续的营生。雨呀，特别是雨的声音，来自天外，分外感人！听他这么一说，才知道听雨还有那么多好处。

“闲人”听雨，涵养心气。“闲人”听雨，凝神静气，渐入佳境，如痴如醉，荡涤灵魂。“静，听得见外面雨丝的声音/净，嗅到了绿草芳香的滋味。”短短的两句诗，把他的心气吐露得真切而自然，宛如一股清新剂使人神清气爽。这种感觉只有一个彻彻底底静下心来心无杂念的人才能体味得到。心胸开阔，眼光长远，是常人无所企及的。

“闲人”听雨，磨砺心智。一年四季，岁月更替，有风有雨是常态。不同的季节，雨的声音和形状大不相同，他却把不同季节的雨描写得栩栩如生，没有长时间细致入微的观察力和丰富的想象力是难以做到的，这就是磨砺心智的过程。你看他《对春雨的简单感觉》：雨丝/到底有多长/没日没夜呼啦啦响/白天淋湿衣裳/夜晚让梦生长/雨跟着风舞蹈/尘埃滚落/满眼的风景/远山绿色可餐/天边白云朵朵。虽没有“忽如一夜春雨来，千树万树梨花开”那样直白和壮观，但他却写出了“雨露滋润禾苗壮”的意境。他写《秋雨》：整整一个晚上/你都在雨棚上跳舞/多数人无法入睡/少数人依然用酣声/制造身边人的宁静/从天而降/你在院坝里开花/你在水池里冒泡/你把叶片上的尘埃统统洗光/秋天的雨每一滴/不仅仅是诗和歌曲/而且是一个个/很长很短的故事。绘声绘色，形象生动的描述，使秋雨绵绵的景象印入脑际。他写《冬雨》：一整天了/成都的雨没有停歇/风和行走的人们/平凡相撞/伞在中间协调/争论总有结果/冬天已经成为主角/水凝固成冰/风锋刃如刀/明天的动车票/已经买好/回家的心情/分外阳光。置身于冬雨中，冬风似刀割一般，写尽了冬天的萧瑟，回家的心情急不可待……吐露了心声，磨砺了心智。

“闲人”听雨，陶冶心境。自然界的雨，从天外扬扬洒洒飘落下来，滋润着山川大地，滋润着庄稼禾苗，滋润着世间万物，山川因雨而美丽，禾苗因雨而茁壮，万物因雨而生长。雨，乃生命之源也。人生四季，同样要经历风雨。无论遇到什么困难和挫折，都要心胸开阔，坦然面对，涵养心气，磨炼心智，找准方向，保持定力，奋发有为，风雨过后，定会彩霞满天。“每临大事有静气，不信今时无古贤。”时常保持一个好的心境，就会有诗和远方！

生活浪花

我和高老汉拉家常

岁岁重阳，今又重阳。临近上午10点，太阳才懒洋洋地从云雾中钻出来，照得人浑身舒畅。

今天，联社将退休老干部的活动安排在户外的农家乐，一边分享农村信用社改革发展的成果，一边欣赏秋天的美景。其他同志都按时到了场，唯有高老汉姗姗来迟。

高老汉名叫高年生，年届八十，身材瘦小，但身板硬朗，是1998年从先锋信用社主任退休的，两个女儿都在信用社工作，大女儿前些年已经内退，只有小女儿还在信用社。

高老汉身着布衣，脚穿胶鞋，手提一个印有农信社广告宣传语的编织袋，里面装着一把雨伞。他说："老年人出门要晴带草帽雨带伞，刚才出门，好像天要下雨，现在太阳出来了。"一见面，监事长便向他介绍道："这是我们联社的理事长，您认识吗？"

"理事长？"高老汉疑惑地看着我，上下打量一番，脑海里搜寻着。

“哦，昨年重阳节老干部座谈会上我见过。”高老汉的话匣子一下被打开了。

“我今年80岁了，1958年参军，当了6年兵，回来之后，就一直在信用社工作，直到1998年退休，在信用社工作了43年，不知道是哪里搞错了，在信用社的工龄只给我算了42年。”高老汉简要地介绍着他的经历。

“您过去在哪里当兵呢？”我问。

“在大连当兵，当时我是从学校招的文化兵，在部队我是给首长当秘书的，那个时候我写的材料要一段一段地念给首长听，他觉得满意就可以了。我当兵的第五年，就提为排长，本来可以不回来的，但因为家庭原因，我还是转业回到了地方。”高老汉思路非常清晰。

“您现在是住在城里的，还是住在乡里的呢？生活得怎么样？”我关切地问。

“我是住在城里的，老家那几间破房子早就无法住人了。现在的人力资源部经理态度非常好，有什么问题，他们都给我们耐心细致地解释，并且积极想办法解决。单位对我们也非常好，今天重阳节又通知我们回‘家’来看一看，老朋友一起聚一聚，这就很好。开始人力资源部给我发了短信，我没有看，后来又给我打电话，所以我今天一定要来。”

“我的工资账户都是开在我女儿那里的，我还动员我的亲戚朋友把钱存到了我女儿那里。只有单位好了，个人才会好。”高老汉退休不退志，发光献余热。

我对高老汉这种精神由衷地敬佩，并道出了目前不良贷款清收难的苦衷。

“我当年在信用社工作，全乡老百姓家家户户我都是走完了的，哪家哪户是啥情况我都了如指掌，不然咋知道哪些贷款可以放，哪些贷款不能放呢？如果遇到不讲道理的，也好给别人做出解释，不这样别人就会举报你！这样一来，放出去的贷款就不会形成不良了。”这就是他的经验之谈。看来农村信用社走村串户的传统还是不能丢啊！

听君一席话，真是胜读十年书！

初识老李

又是人间最美四月天。不知不觉我到新的单位工作已经快满两年。

单位退休职工老周多次邀请我一起聚一聚，都被我婉言谢绝了。今天上午他再次来到我的办公室盛情邀请："理事长，你离乡背井，孤身一人来到这里那么长时间了，起早贪黑付出了那么多，单位的变化那么大，我们一家三个人在单位领工资，收入有了大幅度提高，作为一名职工，请你吃顿饭也是应该的，不会给你添任何麻烦，不然就是你看不起我们了。"他的一席话，使我觉得自己的辛苦和付出还是值得的！话都说到这个份上了，对于我这个死爱面子的人来说，也不好再推辞，只能勉强答应下来。

4月的天气变得长了起来。下午下班后，太阳还没有下山，夕阳的余晖把川东小平原映衬得更加美丽，天空一片明净，远处的山峦已经披上了绿装，正焕发出勃勃生机。

我应约来到郊外的一个农家乐，老周和他的两个朋友早已等候在那里了。

一进门，老周便把农担公司董事长老李和他曾经的同事老吴介绍给我。

李董事长个子不高，不胖不瘦，看上去40岁上下，却显得内敛而沉稳，而且依然那么青春睿智；老吴虽然刚刚年逾半百，但头发已经花白，身体略微有些发福，岁月已经在他脸上刻下了深深的皱纹。

大家一起坐定后，聊起了担保公司的业务。

“发放担保贷款只要按规矩办，风险还是可控的。以前民营担保公司之所以出了那么多问题，就是没有按规矩办，担保公司为了做大担保业务，收取更多的担保费，不仅把应交的贷款保证金转嫁给了贷户，而且反担保物不落实，一担了之，其结果弄得银行和担保公司两败俱伤，这方面的教训够深刻的了。”我首先发表自己的观点。

“我非常赞同理事长的说法，搞金融就应该把风险防控放在第一位。我们的资本金是5000万，马上就要增资到一个亿，而目前我们的在保余额才2000万，我们做担保业务非常审慎。”老李接过我的话说。看来老李是一个有底线的人。

“还有担保业务也要做小做散，这样才能够分散风险，做大业务，只要哪一笔出了问题，都会前功尽弃。”

我继续说。

“是啊！我从单位内退后，和几个人合伙在成都办了一家担保公司，在保余额达到了两个多亿，500万、1000万、2000万的就有好几笔，这些大额的都难以收回来，把我们几个搞得焦头烂额！”老吴插话道。

“前些年，一些不懂金融的人也涉足担保公司，结果大多陷了进去。”老周也不无感慨。

“做事不讲规则就等于是在玩火。欠下的债，总是要还的。以前一些银行和担保公司勾肩搭背，疯狂地拓展业务，无视门槛，肆意闯关，制度形同虚设，摆了不少摊子，令人痛心疾首！”谈到过去那些违规办理担保贷款的人，我义愤填膺，有点控制不住自己的情绪。

菜上桌了，我们边吃边聊。

“我以前在政府应急办当了7年主任，每年应急办的工作在市里考核都排名第一，获得过国家、省、市、县的表彰，我还到人民大会堂去领过奖。我能够辞去公职到企业来搞管理，完全是因为我喜欢这个职业。”老李毫不掩饰地说。

为了自己的爱好，干自己喜欢干的事，摆着的铁饭碗不端，而宁愿受苦受累，正如当前热议的“996”一样。说明老李是一个敢作敢为、个性鲜明而又舍得付出的人，我为他的胆识和气魄点赞。

“隔行如隔山。我之所以聘请老周到我们公司来，就是请他在业务上给我们把把关，我还要拜他为师呢！”老李非常谦虚。

“别的我不担心，担心的是，个别不懂金融的领导以行政命令的方式，要求给不符合贷款条件的对象进行担保，就难办了。”他面露难色。

“这个好办，你就说不符合贷款条件，银行通不过呀！”我给他支招。

“那就请老哥帮忙了，来，我敬你！”他紧锁的眉头一下舒展开了，端起酒杯把杯中剩下的一两酒全部吞了下去。

我被他的直率和真诚所打动：“以后在业务合作方面，我们可以多沟通，一起会商，管控好风险。”我要敬他一杯，他端起杯子，二话没说就把酒干了。

“我在农担公司工作三四年后，公司搞好了，我再离开去干别的事。”说明老李还有更大的想法。

几杯酒下肚，老李已经喝到位了，大家把他扶着送上了车。

原来，他一直在追梦路上！

正反对比看觉悟

这两天，有两则消息刷爆了朋友圈。一则是《华为内部员工信：家人曾劝我离职，现在要我别当逃兵！》，另一则是某商业融资机构出现风险。这一正一反，形成了极其鲜明的对比和较大的反差，给了我强烈的视觉冲击和心灵震撼。

每逢大事有静气。当全世界都把目光聚焦在处于风口浪尖上的华为，旋涡中的华为人在做什么？华为人自己怎么看他们正在经历的这一切？5月21日，任总在接受国内媒体采访时，曾说过这样一段话：我们公司员工都是傻傻的，一个都没有被吓到，我们觉得很平常。网上的文章一般很夸大，就像网上说英飞凌不给我们供货了，哪有这回事？这是有人编的。所以，如果真想了解华为的事情，就请看我们的心声社区。在心声社区，这些天来，很多员工默默讲述着发生在他们身上的故事，诉说着他们的心声，或许这就是18万华为员工的真实写照，也代表着我们每一个华为人心底里最真实的声音。

看了任总面对媒体的谈话和华为员工的心声社区，我不得不油然而生敬意！面对世界第一强国美国对华为的封杀，华为的老总表现得如此淡定，华为的员工表现得更加敬业，就连他们的家属都更加支持华为的工作了：家人曾劝我离职，现在要我别当逃兵！他们在向世界宣誓：华为是打不倒、压不垮的。他们的举动不得不令人敬佩！这不仅是一种觉悟，更是一种信念、一种精神！

相反，某商业融资机构的表现却不尽人意。面对出现的风险，他们在沉默，沉默得令人窒息，仿佛停止了呼吸。或许他们每个人都正憋着一肚子气，可是没有地方发泄；或许他们正在为自己的过失而惭悔，可是已经悔之晚矣；或许他们永远没有想到会有这一天，可是这一天却来得这么快！不知道当初这家商业融资机构的高管在干什么呢，也不知道监督哪里去了，难道巴林银行的教训还不够深刻吗？风险无处不在，风险猛于虎。不能不说他们没有觉悟，也不能不说他们觉悟得太迟，而是他们根本没有风险意识，造成这样的结果，等待他们的将是大多数高管丢掉帽子，一些员工失去饭碗。此时这家商业融资机构如同一个充足气的气球，瞬间都有被戳破的可能。

当然，我们虽不能仅凭一个企业的成功和失败来判定他们觉悟的高低，但至少可以折射出一个企业高管的自律和员工的自觉，制度的完备与疏漏，文化的合规与缺失，行为的规范与失范……冰冻三尺非一日之寒，千里之堤溃于蚁穴。思想觉悟的高低、行为习惯好坏都不是一朝一夕就能形成的，而是一个由量变到质变的长期渐进过程，出现两种截然不同的结果也是必然的。治标还得治本，因此，加强员工教育是一项长期而艰巨的任务。

那么，我们这支队伍的觉悟和表现又如何呢？在看了《华为内部员工信》之后，我第一时间分享到了员工群，想通过这种方式检验一下我们这支队伍，不仅想听到员工的真心话、大实话，而且想看到员工家属对我们工作支持的态度和程度，更重要的是想通过大家的交流，碰撞出思想火花，树立核心价值理念，点燃员工的激情，激发员工的斗志。蓬生麻中，不扶自直，用自己的奋斗创造出应有的价值，华为员工的这种精神正是我们当前所需要的。可是，在群内230名员工中，有35名中层以上干部做了回复和表态，只有21名职工发表了感言，而且大多数职工的感言是在我的提醒后才说出来的，就更不用说“员工家属对我们工作支持的态度和程度了”，说明一些员工还没有被唤醒，在领导、中层和职工之间还不同程度地存在断层和鸿沟。不敢承诺，就是不敢接受任务，说明工作做与不做都跟他无关，单位的好坏也跟他无关，足见我们这支队伍的觉悟，这样的结果既在我的意料之中，又在我的意料之外，因为我对这支队伍的情况太了解了，个别干部和职工仍处于一种麻木不仁、漠不关心、事不关己高高挂起的状态，哪里谈得上用心做好每一件事，创新干出有特色的事呢？这是一个多么危险的信号啊！

单位是员工的靠山，也是家庭的靠山；单位好员工才能好，单位好家庭才能好。为了单位好，我们不仅要发挥自己的才能，利用好自己的资源，而且还要利用好自己背后乃至整个家庭的资源，那样我们就不会打不赢对手。当然在我们队伍中，也有个别职工的进步和表现令人欣慰。过去表现平平的员工发出了“单位是我家，我们一起呵护她”的铮铮誓言；年轻的员工也表达了“过去我想走，现在我想留”的心愿。个别机构也以实际行动做出了回应，现在每天的收息额较之从前大大提高。由此看来，磨刀不误砍柴工啊！

诚然，员工的教育，单位有责任，领导有责任。只要我们坚持不懈地组织学习，加强引导，就一定能够打造出一支像华为那样的优秀团队来。

一份盒饭的情意

这个周末是坐汽车回家，还是坐“和谐”号动车回家，周一我就盘算着。

坐“和谐”号动车回家，虽然经济实惠，但转车次数多，耗费时间长，坐了第一次，我就有了厌倦感。

然而，春天来了，坐“和谐”号动车不仅舒适，而且还可以欣赏沿途的风景，再加上归心似箭的心情，或许有一种不同的感觉和说不出的惬意！

坐“和谐”号动车，就得早点订票。周二我就在手机上订了票，而且选了个一等座靠窗的位置。

“和谐”号动车的发车时间是17点32分，我提前半个小时就到了火车站，车站外面的广场上是扎堆外出的务工人员，他们大包小包的，三五个人围成一个圈，天南地北地闲聊着、等候着……

走进候车大厅，时逢三八节和农历二月二龙抬头的日子，候车的人比较多，候车厅的座位早已坐满，只好站在那里静静地等候。

突然，人群中有一个人在喊："周哥——"他边喊边推着一口大皮箱，手里提着一个提包朝这边走来。

我定睛一看，那不是业务推销员小李吗？已经有很长一段时间没有见到他了。

"你也坐这趟车回家吗？"我问。

"是啊！能够在这里碰见你，真是太有缘分了！"小李激动地说。

"你带这么大口箱子干啥？"我下意识地瞟一眼，他那个手提包半开半掩，露出了一碗方便面。

"这里面装的是业务营销样品，要带回去。"他答道。

聊着聊着，马上要检票上车了。

"我坐10车厢，你坐哪个车厢呢？"他问。

"我坐8车厢。"我说。

"不在一个车厢，你是一等座，我一会儿来看你。"他爽快地说。

随着移动的人流，过了检票口，正好1—16车厢都朝左走，他紧紧地跟在后面，风趣地说："要紧跟领导走！"到了10车厢，我说："你该上车了。"

他打着手势上了车。

动车徐徐启动驶出车站，透过车窗望去，沿途河边上、山沟里一片片金黄色的油菜花十分惹眼，山坡上一簇簇红白相间的桃花、李花点缀其间，夕阳下的田野间人们正在辛勤劳作……好一幅诱人的水墨山水图。

晚餐时间到了。车厢内，有的人打开了自备的盒饭，有的人正在冲泡方便面，此时我也感觉到略微有点饿了。

“有盒饭吗？”我问乘务员。

“今天没有备盒饭，有小吃，一会儿要推过来。”乘务员说。

不一会儿，车厢服务员把小吃推了过来，口中叫卖道：“小吃、饼干、薯片、饮料、热咖啡，有需要吗？”

我从来没有吃小吃的习惯，对动车上的小吃更没有胃口，还是回家吃算了！

正在这时，小李打来电话：“周哥，我过去找了你半天，结果不在那个车厢。”

“不用过来了，一等座和普通座是隔开了的，我上车时就看到了。”我说。

……

“各位旅客，土溪站到了，动车停靠5分钟，请抓紧时间上下车！”广播员的话音刚落，小李就出现在我的面前。

“周哥，我给你买了一份盒饭。”说着便将盒饭递给我。

“你留着自己吃吧！我不饿。”我推辞着。

“我吃过方便面了！”他将盒饭放在我面前的桌板上，转身就离开了。

一份带着余温的红烧牛腩套餐，散发着香喷喷的味道，令人垂涎欲滴。虽然价值只有45元，但不亚于《芋老人转》中的芋羹汤，无法用价值来衡量。

一份盒饭，一颗暖心。我将永远铭记他这份情意。

一双鞋垫

前不久，一位年过六旬的老太太来到我办公室。

“这不是古太太吗？”前几天我到他们家里去慰问还见着她。

“感谢你对我们一家人的关心和照顾，我给你扎了一双鞋垫，表示我的一点心意。今天我过来办事，顺便给你带来了。”古太太一边说，一边小心翼翼地把鞋垫从包里摸出来，硬要送给我。

事情还得从头说起，古太太的丈夫原来是我们单位职工，在工作岗位上得了脑溢血，由于抢救及时，虽没有生命危险，但落下了间歇性精神病后遗症，内退在家，只有靠古太太成天在家照管他。后来，组织上为了照顾她，便将其子招进了单位，她也从来没有给单位找过任何麻烦。可是，去年她儿子却利用职务之便，违规收受客户的财物，她再三央求给她儿子一个改过自新的机会，组织上通过慎重研究，给了他留用察看两年的处分。通过近一年来组织对他的严格教育和管理，表现还不错。

“让四川农信有温度，让四万干部员工精神有家园、人生有归属、干事有平台、生活有奔头”，我们正努力践行着。

“鞋垫我收下，但你必须管教好你的儿子。”我说。

“我一定做到，决不再给领导和同志们丢脸！”她连连点头应许，然后离开了我的办公室。

一双鞋垫勾起了我对过去的回忆。战争年代，人民子弟兵上前线，老百姓以鞋垫相赠，为的是让他们英勇杀敌，保家卫国，体现的是对人民子弟兵的爱。我小时候家里很穷，买不起胶鞋和皮鞋穿，穿的都是母亲一针一线做出来的布鞋，也就用不着垫鞋垫，直到参加工作后，母亲同样给我扎过一双鞋垫，我垫上那双鞋垫，走遍了千山万水，走进了千家万户，为老百姓排忧解难，助力脱贫奔小康。那双鞋垫给了我前进的力量，我用那双鞋垫丈量着大地，也丈量着自己的人生。

眼前的这双鞋垫，也不是一双普普通通的鞋垫，我读懂了它的含义，也掂量出了它的份量。

一双鞋垫寄托一份感恩。一双鞋垫虽然值不了多少钱，但是她一针一线用心扎出来的，是汗水的凝聚，是心血的结晶，那就是无价之宝。组织对她的关心，她时刻铭记在心，一双鞋垫就是她最质朴、最朴素的感恩方式，是一种真情的表白。

一双鞋垫寄托一份信任。任何时候组织都没有忘记困难职工，单位就是他们的强大依靠，失去单位，他们将失去一切。一双鞋垫是她对组织的信任。她的心愿是我们能够凝聚“在农信、爱农信、干农信”的强大动力，把单位搞得更加红红火火，事业的明天更加美好。这又是一种心声。

一双鞋垫寄托一份责任。当领导就要知责。员工出问题，领导有责任。一双鞋垫，寄托着带好这支队伍责任，不让任何一个员工掉队，把每一位员工都培养成有用之才，这是员工家属的期盼，也是组织的厚望。这更是一种鞭策。

鞋垫有价，情义无价。我将永远珍藏它。

壮汉吃面

寒冬的一个早晨，街头的一家小面馆人来人往。

面馆的生意十分火爆，老板将一碗热气腾腾的面条，放到一位衣着简朴的壮汉面前的餐桌上。

“老板把钱收了。”壮汉递给老板一张一百元的钞票。

“找你的钱，88元。”老板给壮汉找回了剩余的钱。

“怎么只找88元呢？”壮汉问。

“二两面8元，一个格格4元，共计12元，100元减12元，就是88元。”老板口算着。

“我要的是一两，怎么煮二两呢？我每天早上都是一两。”壮汉反问道，口气中略带气愤。

老板连忙解释道：“可能她（煮面的人）听错了。”

壮汉拉长脸，瞪大眼，一动不动，仿佛想说点什么，又好像有想退掉那碗面的意思。

未等壮汉开口，老板立刻说：“你吃吧！只算一两，找你1元钱。”随手把钱找给了他。

壮汉不吭不响地收下了那1元钱，小心翼翼地装进了自己的腰包里，火气一下就烟消云散了。

“山胡椒在哪里？”壮汉粗声粗气地问道。

面馆里的人迅速把山胡椒递给了他。

壮汉瞟了递山胡椒的人一眼，低着头很快一点不剩地吃完了那碗面条，然后骑上停在面馆门口的那辆货三轮车，慢慢消失在了茫茫的人流中。

“一两面能否填饱壮汉的肚子？”我深感质疑，看来跑货三轮车也真不容易啊，挣得的每一元钱都值得珍惜！

面馆老板深谙和气能生财的道理，他的宽宏大量不能不让人充满敬意！

一次相逢，就是一种缘分；一次宽容，赢得一份安宁；一次礼让，化解一场干戈。

戒　烟

——写在第32个世界无烟日

在第32个世界无烟日，一位朋友转发了一篇《人民日报》微信公众号文章《吸烟，也没有什么大不了》。文中说，对习惯吸烟的你而言，可能真的没什么，但对你身边的人来讲，却是真的“有什么”；吸烟，是疾病首恶，为了自己和家人，戒烟吧！

众所周知，吸烟会导致癌症、冠心病、脑血管病等多种疾病发生，全国每年约10万非吸烟者死于二手烟，比2016年因交通事故死亡的人数还要多4万人左右，可见，吸烟，无论是对本人，还是对身边的人，危害都很大。

我是一个有着近30年烟龄的老烟民，其间戒过烟两年，后来又死灰复燃了。

记得那是2010年5月31日，第23个世界无烟日，那天我正好在成都返回巴中的路上，当着同车同事的面发誓：我要戒烟！从那天起，其后的两年多时间里，我没有抽过一支烟，算是把它戒掉了。虽然把烟戒掉了，但我的体重却增加了近10斤。

人们常说，烟是和气草。那是把抽烟当成一种交际和风度。就在2012年7月回到巴州工作后，由于离开巴州已经8年有余，虽然是故土，但早已物是人非，为了工作应酬，又不得不重操“旧业”，从而一发不可收拾。加之，受“只喝酒不抽烟，活到73；又喝酒又抽烟，活到83”等谬论的蛊惑，导致越抽烟瘾越大，高峰时期，有时一天要抽两包烟。

当然像我们这些抽烟的人，对国家税收的贡献就不言而喻了。有资料显示，我国全年的税收达17万亿，其中烟草的税收就超过了1万亿，可见，烟草对国家的税收贡献之大。

但是，我也明显地感觉到吸烟对健康的危害。吸烟久了明显地感觉到体质的下降，抵抗力的减弱。比如，对呼吸系统的危害，走路时会气喘吁吁，甚至会咳嗽，特别是喝了酒过后又抽烟，喉咙有一种灼热疼痛难忍的感觉，有时还会彻夜难眠，那种感觉就是身体的痛苦和对吸烟的悔恨！

如果要在对国家税收贡献和对国民健康之间做选择，任何一个明智的人都会选择后者。

戒烟靠的是毅力。吸烟是一种习惯，形成习惯了，就会在闲暇无聊时、焦虑不安时、高兴亢奋时，自觉或不自觉地点上一支，或打发闲暇时光，或释放内心压力，或抒发胸中激情……如果用心克制自己，也是能够抵挡住烟的诱惑。要戒烟，千万不能以循序渐进为借口，每天少抽一点，藕断丝连是不可能彻底把烟戒掉的，只有痛下决心，每天一支烟都不抽，当别人散烟时，果断拒绝，当自己想抽时，坚决克制，长期坚持，这样才能见到效果。

明天就是六一儿童节了，为了下一代人的健康，我决心戒烟！

洁牙有故事

去年秋天，我到高新区一家口腔诊所洁牙，口齿伶俐的张牙医不停地向我推介洁牙、护牙和植牙项目。初次见面，我倒是对她口若悬河的介绍有些厌烦，并未对她有太多的好感和注意。

不久前的一天下午，因长期抽烟熏黑了牙齿，加上牙龈发炎，不得不再次来到这家口腔诊所，在医生的建议下，我选择了无痛洁牙的项目。

那天正好张牙医不在，三个年轻的牙医从中推选了一人来给我洁牙。无痛洁牙本来应该比普通洁牙舒适得多，然而，不知是洁牙新手技术的原因，还是受自己心理因素的影响，总觉得牙齿疼痛不舒服，牙齿洁了一半就叫停了，洁牙的医生只好叫我另外找时间去洁另一半。

又过了几个星期，在妻子的催促下，那天上午9点，我再次来到诊所。诊所内的其他人都在忙碌，唯有一个身材偏胖、领导模样的中年男人在休息区坐着，待我说明来意之后，他告诉我，再等半个小时。后来，从诊所工作人员口中得知，他就是诊所老板。

一会儿，一位戴着口罩、刚刚给一位中年妇女洁完牙的医生从诊室走了出来，她对我说，她把诊室的椅位清洁消毒后就给我处理。

由于口罩遮住了她的大半部分脸，我没有认出她，她却认出了我："你去年在这里洁过一次牙，后来我还给你打过一次电话，回访洁牙后的情况。"

"哦，原来你是张医生哟！"我一下子记起来了。

待她对诊室清洁消毒完毕之后，我在椅位躺下张开嘴，她手握洁牙柄，将抛光头轻轻地贴在我的牙面上，慢慢来回移动着，如同一只蚂蚁在皮肤上拱来拱去，动作温柔得像服侍年迈的老人一样，生怕把哪里弄疼了，落得个患者不高兴，同时她还不时将洁牙时溅在我面部的水滴小心翼翼地擦去……她那一招一式，轻重缓急，恰到好处，娴熟的洁牙技艺不得不令我佩服！

她一边洁牙一边教我如何将洁牙的唾沫通过吸唾管吐出来，避免呼吸不畅和节省洁牙时间，并对我进行心理安慰：

你放松点，不要紧张，如果有任何不适可以举左手，我就会停下来；

你的牙龈炎症很严重，一会儿洁完牙，我给你上点药，很快就会好起来；

在口腔科工作得越久，越觉得维护牙齿的重要性，我每天晚上侍弄牙齿都要一二十分钟，牙腔的里里外外都要刷干净，眼里容不下一点脏东西；

你家里有没有漱口液，如果没有，走的时候就带上一瓶；

你口腔的牙齿有缺失，需要尽快修复；

我给你洁牙用的这个去色素抛光头平时费用是300多元，今天给你免费；

你牙缝里还有点点牙结石，虽然不好清理，但我还得想办法把它清理干净；

……

我不方便回答，只好从嗓眼里蹦出一个个单音节的“噢”字来敷衍，但她那一丝不苟的职业精神不能不让我感动！将近两个小时的洁牙时间就这样在不知不觉中很快过去了。

洁完牙，她递给我一把镜子，让我跟洁牙前对比一下，我看后满意地点了点头。

我向她爆料：我有一个朋友是达州有名的牙医，他说，植牙必须先戒烟。我选择了“世界无烟日”戒烟，如今已经戒烟一月多了。

“那下次你需要种植可以到他那里去做最好的瑞士的

lTI，在华西种植需要两万多，在他那里种植可能只需要一万多。”她一点都不顾忌别人抢生意。

“下次来这里洁牙，我要监督你，看你是否彻底把烟戒掉了。”她半开玩笑地说。

“一定做到！”我信心百倍。

“我给你前面那位女士洁的牙，她购买的是网上活动价。虽然只是几十块钱的普通洁牙，但出于职业原因，我一样会给她洗得干干净净。”她那对顾客高度负责的态度不禁让我点赞！

“既然你的服务这么好，难道下次种植牙齿还不来找你吗？”我心里想。

可见，对于服务行业来讲，要想留住老客户，赢得新客户，服务态度和服务质量是多么重要啊！

儿子趣谈（三则）

儿子今年11岁，正在上小学六年级。对于已到知天命之年的我来说，与儿子相处，就是享天伦之乐。

一

周末回家，儿子问我：“李咏患癌症去世了，你写文章了吗？”

答曰：“没有写。”

“曾经的央视名嘴，带给了人们无尽的欢乐，他去世了，你怎么不写点东西呢？”儿子又问。

“最近很忙，没有时间写。”忙，仿佛成了我不写文章的理由。

“你不是每逢大事都要发表点议论吗？”儿子反问道。

我无言以对。

看来儿子已经成了我的忠实读者，他伴我前行，催我奋进。

二

星期六早上，妻子给我们爷儿俩每人煮了一大碗面条。儿子感叹道：“只有爸爸回来了，才能吃上妈妈煮的面条。”

平时他们娘儿俩在家，早上都是煮点汤圆，或者吃点蛋糕，喝点牛奶，然后就匆匆赶往学校。

面条虽然好吃，但煮得太多，看样子儿子有点吃不了，为了鼓励他多吃点好长身体，我说：“我像你这个年龄，想吃却没有吃的。”

“你可别像你爸爸那样，以前没有吃的，想吃吃不到，现在有吃的了就多吃，所以得了富贵病。”童言无忌，儿子冲口而出。

“你个哈东西（方言，有胆大之意），谨防他给你爷爷说了，回去好理麻（方言，说教、收拾之意）你。”妻子在一旁插话道。

儿子说：“他不得。”

“你怎么知道他不得呢？”妻子反问道。

“因为我是他儿子的儿子。”儿子顽皮地答道。

三

妻子在家打扫卫生，挪动家具，拉伤了韧带，走起路来一瘸一拐。

儿子笑曰：“妈妈成瘸子了！”

妻子说：“妈妈今后莫法走路咋办呢？”

儿子说：“那我就当你的拐杖吧！”

妻子被儿子的纯真情感所感动，同时也对自己的付出感到心满意足。

从小心善，孝心可鉴！

我陪儿子过“六一”

“明天是六一儿童节，也是儿子的最后一个儿童节，你再不过来，就没有机会在儿童节陪伴他了，因为儿子长大了，明年就不过儿童节了。”妻子在电话中给我说。

的确，儿子长这么大，我难得有几个儿童节陪他，这或许会成为我今后的一大遗憾吧！

预约好朋友去成都的便车，第二天我早早就起了床，来到川北凉粉店吃过早餐，然后买了儿子最喜欢吃的鲜肉包子，我们8点准时从巴中出发，上午11点半就到达了成都。

我刚回到家中不一会儿，儿子就跟他妈妈回来了。

“爸爸，你真还过来了，给你开个玩笑，你却当真了！”儿子一见面就笑话我，边说边径直到书房做作业去了。

“你们上午在干什么呢？”我问。

“我们去做了个测试。”妻子答道。

“做什么测试呢？”我接着问。

“做智力测试！是一个外部机构，专门开发孩子右脑智力的，那个老师叫我写了20个词语，包括古诗词和两个英语单词，他只给儿子说了两遍，儿子就能横流倒背地说出来。”妻子说，“他还说儿子胆小、缺乏自信，是因为当爸爸的很少陪伴他。”她一句看似不打紧的话，却使我这个不称职的父亲，内心产生了深深的自责。

“这个机构的老师教孩子的方法还是有一套，只是收费太高，不然我就给儿子报名了。”妻子继续说，“你有空也去看看嘛！”

“要得！”我随口答道。

虽然，这个时候很多学校小升初考试都已经结束了，儿子也考得不错，但是下午还得去补习，为学校即将进行的毕业考试做准备。我只能待在家里，靠码字打发时间。

过节要有仪式感，晚上还得请儿子撮一顿。儿子下午补课回来，他买了金字塔魔方，自己玩得很顺手。我们一起来到滋味烤鱼店，点了他爱吃的滋味烤鱼、双脆、薯条和一杯鲜榨果汁，儿子吃得津津有味，此时此刻我心里有一种莫大的欣慰和满足。

和其他孩子一样，他童年的内心世界里有许许多多的未知和好奇，而且充满着不懈追求和努力，就连六一儿童节都处于满负荷和高度紧张状态！

儿子的童年就是这样在学校上课、外部补课和家庭作业“三点一线”中度过的，他的童年生活太单调枯燥了，然而他却那么自强和自律，乃我辈童年所不及也。

第一次送儿子去补习

周末妻子吩咐我送儿子去补习，补习的时间是上午10点20分到12点20分，并将补习地址的定位发到了我的手机上。

儿子12岁了，上小学六年级，我这个“不称职”的父亲，还是第一次送他去补习。

春节后的成都和往常一样，车辆川流不息，人们行色匆匆，仿佛在续写着“一年之计在于春”的忙碌。

9点50分我们从家里出发，按图索骥，定位导航。导航报告：全程3.7公里，大约需要10分钟。

车刚开出小区大门，导航指示向右转。

儿子说，导航怎么是这样的呢？明明该向左转，它说向右转，别听它的，就向左转。

按照儿子的提示，我向左转，导航又重新规划了线路。

前行大约1公里，导航报告向左转。儿子说，这里该向右转。难道导航又错了？

一路上，在儿子的提示下，我们很顺利地到达了补习地附近。

下车时，儿子说，前面有个掉头的地方，你可以在那里掉头按原路返回，爸爸，再见！然后头也不回地朝补习的地方跑去了。

……

接儿子回家的路上我问儿子："今天老师补习的什么？"

"补习的阅读和古诗词。"儿子答道。

"能听得懂吗？"我问。

"能听懂啊！我喜欢。"儿子自信地说。

……

条条大路通罗马。导航并未出错，它可以规划出很多条线路，只是不知道你走哪条路最熟悉，全靠自己选择。

时时做一个有心人。记住自己走过的路和来时的路，坚持走自己的路，不用导航也不会迷路。

兴趣和爱好是最好的老师。培养孩子从兴趣爱好开始，就会事半功倍，学有所获，学有所成。

儿子军训

儿子小升初了，开学前，学校组织军训已成惯例，而且是他们进入初中前的必修课。对于孩子来讲，又是他人生必须迈过去的一道坎。

8月的四川盆地像一个大火炉，烤得人晕头转向。8月下旬，儿子的军训开始了，由于我出差在外，没有机会去送他。儿子长这么大还是第一次独立生活，大人们多少有些担心。

早上6点半起床，接着是半个小时的跑步，然后是吃早饭；上午是站军姿、下蹲、齐步走；午饭后休息一个小时，便进行踏步走和正步走训练。这就是他们每天的训练科目。

第一天下来，刚开始时的好奇心全都烟消云散了，枯燥无味而又严苛的军事训练挑战着孩子们的极限，他们几乎都有些吃不消了。有一个孩子被晒裂了皮，不得不接回家稍作处理后再返回训练场。

陌生的环境、陌生的面孔，儿子多少有些不适应。第二天中午，儿子带着哭腔打来电话说：“爸爸，你还是联系一下，看看能不能转到家门口那个学校去读，我不想住校。”

“这学期恐怕不行了，况且你在那边名都报了，坚持一下吧，坚持就是胜利！”我一边委婉地拒绝他，一边鼓励他。

晚上，他再次打来电话：“爸爸，你联系没有？”

我只好如实告诉他：“这学期转学不可能了，你就放弃这个念想吧！”

接连几天，他再也没给我打过电话了，但他还是坚持早、晚给他妈妈打一次电话。妻子一直鼓励着他：男子汉要坚强，流血不流泪！

六天军训时间很快就过去了，第七天是他们的汇报表演时间。妻子说：“儿子打电话要我们去看他们的汇报表演，而且他也给他姐姐打了电话，叫她一起去。”

我迟疑了一下答应了下来，然后星夜兼程赶往成都。途中，儿子打来电话，听说我正在赶往成都，去看他们的汇报演出，心里十分高兴。

第二天，我们起了个大早，捎上女儿一起驱车赶往学校，途中儿子不停地问：你们到了没有？看台上人都挤满了，叫妈妈把车开快点嘛！

我们赶到学校刚好8点，汇报表演正好开始。我只好从人群中挤到看台的最后一排，从人缝中远远地观看整个汇报演出。

汇报演出的第一个节目是升国旗仪式，这也是孩子们的开学第一课，帮助他们扣好人生的第一粒扣子。国旗班迈着矫健的步伐将国旗护送入场，然后在雄壮的国歌声中将国旗冉冉升起，全体起立凝望着冉冉升起的国旗，心中热血沸腾，强烈的爱国心和民族自豪感油然而生。紧接着是护送团旗入场。

接下来就是分列式表演，一个又一个整齐的方队齐步走过主席台，主席台两边的看台上，学生家长争先恐后地举起手机，定格孩子们威武的瞬间。我睁大眼睛极力搜寻着，似像非像地抓拍了几个镜头，里面碰巧还有一张儿子行进中的照片，他走在方队的前排中间，低垂的帽沿遮住了眼睛，只能从他的电话手表和手环去断定。我后面的一位家长拍了拍我的肩膀说："大哥，能否让一下，我拍张照，我儿子就在这个方队里。"我迅速闪向一边，腾出一个空档来，让他拍下了一张珍贵的照片，他感激不尽。我旁边的一位家长说："我把镜头放大了20倍终于找到了孩子。"他说话时的那份得意劲头还真让人有些羡慕和嫉妒。

然后是军事科目表演。军体拳、男子步枪、女子手枪等，场面宏大，气宇轩昂，威武雄壮，蔚为壮观。

儿子短暂的军训结束了，总算熬过来了，但面庞却瘦了一大圈，颈项也留下了一道黑色的印迹，而且还生了痱子，看着让人心疼！儿子在朋友圈发了一条诙谐的信息：为期六天的军训终于结束了，我也成功从亚洲"偷渡"到了非洲，这儿的食物是真的少（每天早上只有馒头咸菜）。从儿子含蓄的表达中我看到了他成长的希望！

人们常说："当兵后悔三年，不当兵后悔一辈子！"的确，对于我这样一个既没有当过兵，又没有参加过军训的人来讲，真还有些后悔。

军训，对于孩子来说，既是人生的一段经历，又是人生的一场挑战，更是人生的一次新启航！

沟通的智慧

儿子12岁半考进了成实外初中实验班，生疏的环境、陌生的面孔，既使他感到新奇，又使他有些孤独。少小离家独立生活，多少还是有些不适应。

第一个星期很快就过去了，加之竞选上了副班长，自然有些兴奋感和当班干部的责任感。一种强迫自己对孤独的隐忍，使他对家的依恋难以启齿，但是每天坚持早、中、晚给他妈妈各打一次电话还是雷打不动的。

周末接孩子回家，星期天下午，妻子将他送到学校旁边，叫他自己带上行李进学校去。

儿子眼中闪着泪花，恋恋不舍地说："妈妈，您把我送到校门口吧！"

"又怎么啦？男子汉，要坚强！"妻子一边鼓励他，一边把他送到了校门口。

第二个星期，儿子几次给他妈妈打电话刚说上几句，就带着哭腔，问其缘由，就是想家、想妈妈。妻子继续鼓励他，叫他学会与新同学相处，学会独立……他好不容易熬过一周。

周末回家继续参加补课和做家庭作业，星期天下午又该回校了。中午在饭桌上，儿子在自言自语地对他妈妈说："其实每一次考试考差了，回家挨您一顿骂，总比在学校一个人躲在一边偷偷地哭要好得多，即使挨了骂，您在旁边，我就觉得安全。"儿子通过这种方式与母亲进行沟通，吐露自己的心声，释放自己的压力。

"一次考差了没关系，自己加倍努力，下次考好就行了。"知子莫如母，儿子的话妻子记在了心里。她及时跟班主任老师沟通商量，同意一周内接孩子回家住一晚上。

周三晚自习结束后，儿子知道妈妈要接他回家，那种高兴的劲儿就别提了，口中滔滔不绝地给他妈妈讲学校的事、班上的事、同学的事……儿子的心终于平静了下来，成绩直线上升，二十几名、十几名、前十名。

前不久，又一次周考，儿子考砸了。儿子知道妈妈会骂他，他便提前通过微信跟妈妈进行沟通。他在微信中这样写道：

妈，对不起，我考差了，我今天暂时不会给您打电话，我并不是不想听您骂我，只是认为我与您都需要静静，仅以这条微聊向您表示我心里深深的歉意。

您的儿子 周泊宇

妻子没有责备他，晚上将他的成绩单和微信截屏转发给了我，叫我给他打个电话。

等到他晚自习结束后，我给他打电话，得知他还在教室里做作业，从他哽咽的话音中能听得出一个孩子内心的自责与不甘。

于无声处听惊雷。儿子用直接对话和微信沟通的方式消除了父母的误解，赢得了他们的理解，此乃沟通之智慧也！

孩子，爸妈想对你说

人的一生，说起来很长，其实很短。短短几十年，弹指一挥间。

人的一生，不会是那么一帆风顺的，要面对各种曲折和坎坷，接受各种挑战和考验，承受各种压力和痛苦……对于这一切，爸妈都已经历过，作为涉世不深的你，一切都显得那么陌生，所以，爸妈想对你说。

一

爸妈希望你有一个健康的身体。身体是革命的本钱。一个人如果没有健康的身体，无论理想和目标多么远大，都只是一句空话。比如我们小时候不注意保护牙齿，到了中老年就会因牙痛而犯愁；又如年轻时我们长期坐在办公室而疏于锻炼，老了就会得腰椎病、颈椎病等职业病。到那时不要说什么理想目标，就连正常的工作都无法坚持。

有规律地工作和生活，千万别透支自己的身体。李咏因工作而透支身体，落得个英年早逝。一些年轻人不分白昼，要月亮睡太阳，沉迷于声色犬马之中的做法，更是对青春时光的消磨和生命的扼杀。你要知道健康的重要，生命的短暂。

二

爸妈希望你有一个良好的人品。人品是一个人安身立命的基础。人品好，就会赢得人们的尊重和亲近；人品差，人们就会憎恨和疏远。好人品是长期修炼养成的。

首先要有善心。百善孝为先。一个人要知道自己的根在哪里，从哪里来，到哪里去。要懂得尊老爱幼，孝敬长辈；要心存善念，常怀感恩之心，受人点滴之恩，定当涌泉相报。

其次要有忠心。忠诚胜于能力。要忠于祖国、忠于人民、忠于事业，要有岳飞“三十功名尘与土，八千里路云和月”的“精忠报国”的气概，不忘初心，方得始终。

再则要有诚心。君子坦荡荡，小人长戚戚。要堂堂正正做人，明明白白做事，要做顶天立地、淡泊名利的君子，不当点头哈腰、见利忘义的小人。

三

爸妈希望你有一个智慧的头脑。世界是纷繁复杂，千变万化的，每时每刻都在考验人们对它的认知，并按“适者生存”的法则不断进行着取舍，因此，练就一个智慧的头脑，对年轻人来说，就显得尤为重要。

第一，要勤于学习，练就一身过硬的本领。常言道：“活到老学到老，还有三分没学到。”虽然你在学校里学到了一定的书本知识，但社会是一个大课堂，还有很多东西需要学习，不然你就会处处碰壁，到时就会顿生“书到用时方恨少”和“白首方悔读书迟”的感叹。你要勤于学习，打牢自己立身处世的根基。

第二，要勤于思考，提高自己明辨是非的能力。当今社会是美好的，但仍然存在着一些不健康的东西，随时都可能玷污你的纯洁，左右你的天真和幼稚，所以你必须遇事多动脑筋思考，学会明辨是非，知道与什么人相处，自己该做什么，不该做什么，学会保护自己。你要与强者为伍，与智者同行。

第三，要勤于实践，培养自己独当一面的本事。实践出真知。要想从一个“门外汉”成为某一领域的行家里手，必须靠实践，只有大胆实践，才能发现问题，揭示矛盾，寻找规律，大胆尝试，从而收获成功，否则，就永远只是眼高手低，纸上谈兵，畏手畏脚，不能成长进步。你要在实践中成长，在成长中成才。

一句话：爸妈希望儿女奋发有为，而不是碌碌无为！

儿子帮我识密码

农历庚子鼠年春节，我们回到了老家过年。

大年三十一大早起床，我准备打开行李箱，取出带回的生活日用品。不知何时搞乱了行李箱密码，我脑海里搜寻着，一直在密码盘上调试着，可是怎么也打不开。对于这个不常用的物件，我一筹莫展。心里想，只有找开锁王了，可手头又没有开锁王的电话，而且大年三十谁又有空呢？

妻子说：“你儿子会弄，你叫他弄吧！”

我瞟一眼儿子，对于眼前这个毛头小子，我多少有些质疑。

“是三个头，还是四个头呢？”儿子问。

“是三个头的。”我说。

“是三个头的好办，四个头就难打开了。”儿子沉稳而自信地说，“按照排列组合，三个头要试1000次，四个头要试10000次。”

女儿说：“你就那么自信？我看你能坚持试1000次把它打开。”

儿子坐到行李箱前，先将所有的密码归零，然后一手按住一个头子，一手拨弄着密码盘，口中念念有词，大约5分钟，随着“啪”的一声，密码锁弹开了。

儿子站起身来，拿出他的密码笔袋，一边给我们演示，一边说：“先将密码归零，然后按住调码键，进行拨号，口中计数，一次一次地拨，直到密码锁弹开。以前我这个笔袋锁住了，我研究打开方法，试了870次终于打开了，今天这个行李箱密码锁，我试了190次就打开了。”

原来，儿子在学校时，密码笔袋不知是谁把密码搞乱了，妻子劝他，密码弄坏了，笔袋不用就行了，可他觉得可惜，于是，反复琢磨调试，找到了开锁的技巧，终于把密码找了回来，所以他才有这样的底气。有了真功夫，不怕没用处。

“学而不思则罔，思而不学则殆。”我欣赏儿子的智慧，遇到问题善于动脑筋思考，想办法解决。只要方法对头，措施得当，问题就会迎刃而解。

只要功夫深，铁杵磨成针。我更佩服儿子不达目的不罢休的恒心和锲而不舍的毅力。干一项事业，只要我们永不言弃，持之以恒，就一定能够获得成功。

开锁需开窍，防疫讲科学。今年春节正值新型冠状病毒肺炎肆虐，要控制住疫情，首先思想要开窍，认识要提高，要明白新型冠状病毒的危害性，特别是各级政府要高度重视，把人民群众的生命安全和身体健康放在第一位，绝不能掉以轻心，麻痹大意；其次方法要对路，行动要自觉，万众一心，群防群控，早发现、早报告、早隔离、早治疗。一方面广大民众要自觉谨遵守则，加强防范，阻断传染，防止扩散，不聚会、不串门、不信谣、不传谣；另一方面，要开展科研攻关，专家组要尽快研制出治疗新型冠状病毒肺炎的药物，使被感染的人员有药可医，早日痊愈，这样就能和武汉人民一道打赢这场没有硝烟的战争！

母亲战“疫”

母亲生日刚过，马上就是庚子鼠年春节，可一场突如其来的新冠肺炎疫情已经在全国蔓延开来，对于早年在大队合作医疗站当过赤脚医生、有一定医学常识的母亲来说，自然十分敏感而警觉。她知道传染病的危害性，同时也自然而然地成为了我们家庭战“疫”的主角。

大年三十，一家人其乐融融的团聚氛围并没有冲淡母亲对疫情的担心。正月初一，母亲又从电视上看到习近平总书记组织召开政治局常委会议，亲自指挥，亲自部署疫情防控工作的消息。直觉告诉她，疫情防控的形势已经到了相当严峻的地步。她随即当着全家人的面定下了几条规矩：大儿子在单位当领导，要及时回单位安排疫情防控工作，避免员工和客户受到感染；三儿子到江西探亲去了，回来后必须按规定居家隔离；其他在家人员，必须严格遵守政府的规定，出门戴口罩、勤洗手、勤通风、勤消毒，不聚会、不串门、不信谣、不传谣。母亲深知，在防控疫情的关键时期，管理、保护好家人，就是不给国家添乱、找麻烦。母亲是我们家里的“主心骨”。一个家庭如果没有一个人做主，那就会乱套。

初三一大早，当家家户户还沉浸在甜蜜的梦乡之中，我就按照母亲的吩咐，驱车奔赴单位，组织召开紧急会议，传达上级关于疫情防控工作的指示精神，安排布置单位的疫情防控工作，并深入辖内12个营业网点检查指导，同时送去了口罩、消毒液和消毒酒精等防疫物资。一直忙到傍晚，才终于舒了一口气。看到大家能积极主动防控到位，我心里踏实了许多，也更加明白了当领导应该承担的那份沉甸甸的责任。

春节期间，儿孙们从四面八方赶回来，本该是母亲坐享清福的时候，然而她却一个人包揽了买菜、做饭等家务活，生怕我们出门稍有不慎而受到感染。每次上街买菜，她都要事先做好自我防护，口罩戴得严严实实，而且还随身多带几个，每每遇上没有戴口罩的菜农，她会送上一个，并叮嘱他们戴好，同时给他们宣传疫情防控知识，提醒他们做好自我防护，避免交叉感染。在挑选蔬菜时，她注意与菜农保持一定距离，付款也是采取的扫码支付，防止接触传播。在家做饭时，她总是细致入微，时常变着花样，把菜品味道调制得鲜美可口，让一家人吃得开开心心，把居家隔离的烦恼抛之脑后。

为了避免疫情期间行程受阻，三弟一家不得不于正月初三晚上提前返程。初四早上，母亲就早早起床，到菜市上买好新鲜蔬菜，然后放到他的门口。三弟一家居家隔离期间，母亲时刻挂念在心，与他们电话联系不断，问他们有没有身体不适，需要买哪些东西……不仅给他们送去了生活日用品，而且还特意为他们蒸了包子，这就是伟大的母爱！

正月初九，随着感染人数的增加，爸妈所在城市开始“封小区”，他们住在毗邻区政府的一个小区内，较之其他小区，管理更加严格，每个家庭每两天只允许一人出去买一次菜，而且禁止所有的外来人员进入小区。母亲主动请缨加入了义务服务队，协助社区工作人员轮班值守，她要为疫情防控尽自己的绵薄之力。有一天，一群人要到小区一住户家中去聚会，碰巧遇上铁面无私的母亲在值班，最初他们执意“闯关”，身材瘦小的母亲毫不示弱，硬是揪住他们不放，并义正辞严地说道：“你们不为别人考虑，但也要为自己着想啊！”通过母亲耐心细致的疏导解释，那群人不得不悻悻离去。

也正是在疫情期间，侄女生小孩住进了医院，本来想顺产，却是难产，一天时间过去了，仍不见结果，侄女疼痛难忍，一家人都提心吊胆，万一有什么闪失咋办？都想到医院去看看。母亲得知后，严厉地对大家说：“前几天一个发烧病人到医院去输液，结果感染了不少人，这时候谁都不允许去，谁去了就不允许再进这个家门！”听了她的话，大家只好作罢。

上周末回家，我给母亲打电话，说要去看望她，她却推辞道：“等打赢这场阻击战，你再过来。”

不获全胜决不轻言成功。正月已经出头了，防控更加严密，病毒无处藏匿，疫情必将退去。我相信，离我们母子见面的日子不会太久！

爱上乌鸡米线

自从小区内开了那家乌鸡米线店，我就爱上了它。只要周末回成都，我都会去光顾它。

那家乌鸡米线店面不大，就一个口面，大约二三十平方米，七八张餐桌，两三名厨师……虽然生存在餐馆林立的“夹缝”中，但它的生意却十分火爆，常常门庭若市。

那里的乌鸡米线源于云南丽江，汤是乌鸡熬的，食材取自于生态环保的大山，天然、绿色是它特有的标签。

走进店内，前面是餐桌，后面是收银台和操作间，与收银台并排的是食材展示区，一大锅乌鸡腿和乌鸡翅浸泡在稠稠的卤油中，旁边还摆放着卤熟的鸡肝，让人垂涎欲滴。每张餐桌上放有香菜、酸菜等调味品。旁边的墙壁上贴着“厉行节约，反对浪费”和“谁知盘中餐，粒粒皆辛苦”的字幅。

点一份中碗米线，不到五分钟，一碗热气腾腾的米线就上桌了。闻一闻，香味扑鼻；尝一尝，鲜美可口；嚼一嚼，柔中带韧。要是你还觉得不够劲道，可以加上一些酸菜，那味道就更加不摆了，一点也不比云南蒙自米线逊色，给人留下的是“吃了还想吃，走了还想去”的念想。

又一个周末，上午9点半，我来到这家乌鸡米线店，食客已经散去，小小的店面显得有点空旷。老板笑容可掬地走过来问：“先生，有米线、有面条，你想吃点什么呢？”

我来到收银台看了看，说：“来个中碗米线。”

“加鸡腿吗？”老板又问。

“不加鸡腿。加一份鸡肝多少钱？”我问。

“6元！”老板答道。

我看了看价格表，中碗米线15元，加上6元钱的鸡肝，一共21元，我心里默算着。

我掏出包内现金，为了方便找补，递给了他51元。

老板接过钱，然后补给我40元。

“你多找了10元。”我随手退给了他。

“找多了吗？”他接过我退给他的10元钱，用异样的眼光看着我，有点不相信。

我摊开手里的钱说：“只该找30元，而你找了40元！”

他摸着自己的后脑勺，然后才恍然大悟，并向我投来敬佩的目光。

一会儿，中碗乌鸡米线上桌了，添加的小碟鸡肝也上来了，而鸡肝碟里却多出了一只鸡爪。老板对我说：“这只鸡爪是赠送的。”

一只小小的鸡爪，代表着一种情谊，更是心与心的交融。与其说是赠送，不如说是回馈。选择这种特殊的表达方式，我还真找不出什么理由来拒绝他，只能毫不吝惜地回敬他两个字：谢谢！

天涯逐梦

七月流火

七月，炎热的夏季已经来临，
放下太阳的温柔，放飞它那颗炽热的心。

七月，孩子的暑假已经来临，
放下沉重的书包，放飞他那颗童真的心。

七月，我们的公休已经来临，
放下繁忙的工作，放飞我这颗疲惫的心。

世界这么大，一起去看看。
读万卷书，不如行万里路。

风景这么美，一起去瞧瞧。
踏遍青山人未老，风景这边独好。

相聚这么少，一起补一补。
多一分陪伴，添一分父子深情。

压力这么强，一起去释放。
找一方净土，埋藏那莫名的惆怅。

七月流火，收拾行囊，说走就走，
一起去放飞心中的梦想，寻觅诗和远方！

内蒙古之行

公休，是银行机构的一种制度性安排，也是银行高管减压的一种最好方式。

担任银行高管十多年来，我还是第一次正儿八经地公休。何不借着公休来一场说走就走的旅行呢?

我此次公休的目标地是内蒙古呼伦贝尔市。去呼伦贝尔，既是为了省亲，了却父亲的心愿，又是为了赏景，领略大草原的风情。

一

立秋过后，九寨沟地震仿佛带走了地球大量的能量，火辣辣的太阳通过云层的过滤也变得温柔多了，成都平原的气温一下下降了好几度，汽车奔驰在蓝天白云下的青山绿水之间，给人一种心旷神怡的感觉，为我们的出行平添了几分兴奋。

8月13日上午8点50分，飞机从双流机场正点起飞，在呼和浩特经停大约一个小时，抵达呼伦贝尔市海拉尔机场已是下午2点30分。

走出机场大厅，呼伦贝尔市的天空被乌云笼罩得严严实实，顷刻间，电闪雷鸣，大雨倾盆而下，不到10分钟，呼伦贝尔市区的局部地方已成内涝，出租车停运，我们被滞留在机场长达一个多小时。

不一会儿，雨渐渐停了，积水慢慢退去，一阵微风吹过，不禁打了个寒战，使人明显地感觉到秋的凉意，太阳再次露出她那羞涩的笑脸。我们打的来到了下榻的宾馆——假日酒店。

二

人们常说："血浓于水。"亲情永远是世界上最圣洁、最崇高的。

下午接机与我们错过的表叔（大舅爷的二儿子）同我联系后，得知我们所住的宾馆，热情的夫妻俩立即赶了过来。

见面后，两家人相拥而泣！表叔回忆："我回老家是1974年，距今已经40多年了。"那时我们未曾蒙面。在与母亲的交谈中，表叔的脑海里还储存着儿时的记忆，谈及往事，历历在目，岁月流逝，光阴荏苒，论及今日，感慨万千，悠悠岁月，人生苦短……

不经意间，几个小时就过去了。我们来到一家韩国烤肉店，火锅和烤肉齐上，滚烫的火锅，香脆的烤肉，浓浓的酒意，两家人吃得津津有味，聊得兴致盎然。

“我父亲以前在林场工作，靠山吃山，20世纪六七十年代，伐木工人的收入还可以，从山上砍伐的树木一车皮一车皮地运到山外，大片大片的山林被砍光。到了八九十年代，特别是2000年以后全面禁伐，工人的收入就不景气了，林场的工人就开始转型，有的改行了，有的投奔亲戚了，有的外出打工了……我现在就在呼伦贝尔市打工。”从表叔的说话中看得出来，他生活得很稳定，也很淡定。

“留住了绿水青山，就留住了金山银山，是我们子孙万代之福啊！”我感叹道。

……

“没有绿水青山，就没有今天的美好山川，我们公休就没有好去处了。”我肯定地说。

我们一边吃一边聊，不知不觉已到了晚上12点。天下没有不散的宴席。我们只好散座回宾馆休息。

三

到内蒙古不去草原，乃休假之遗憾!

行驶在呼伦贝尔市S201线转金帐汗公路上，车内正播放着《骏马奔驰保边疆》，久旱不雨的草原一派枯黄，局部地方已经沙漠化，最近的几次降雨，使偌大的草原开始出现了星星点点的新绿，苍茫大地正在焕发昔日的生机……

车行至36公里处，便来到陈巴尔虎旗境内号称“天下第一曲水”的莫日格勒河畔。这里就是“天苍苍，野茫茫，风吹草低见牛羊”的呼伦贝尔草原腹地，是中外驰名的天然牧场。中国历史上许多北方游牧族都在这里游牧、成长壮大、繁衍生息。12世纪末至13世纪初，一代天骄成吉思汗曾在这里秣马厉兵，与各部落争雄，最终占据了呼伦贝尔草原。他利用这里的资源和无数的骁勇骑士，完成了统一蒙古的大业。每逢夏季，陈巴尔虎旗走敖特尔的蒙古族和鄂温克族的牧民便在这山清水秀、水草丰美的地方，自然形成游牧部落群体。金帐汗旅游部落就坐落在这里，它是以蒙古民族为主的北方少数民族传统文化、民俗民风、宗教信仰的游牧文化圣地。部落内设有祭坛，每逢农历六月十八，部落成员便来这里朝拜，庆贺丰收，祈祷上苍风调雨顺。

登上部落后山的制高点，放眼望去，辽阔的草原，一望无垠，蓝天白云，茵茵绿草，群群牛羊，点点毡房，袅袅炊烟；耳旁的风声呼呼作响，顺风而呼，而闻者彰；心无旁骛，与世无争，不以物喜，不以己悲；秋日的阳光照得人浑身舒畅，心身愉悦，胸襟开阔，怡然自得。

四

祭拜大舅爷，是我陪年近七旬的父亲到呼伦贝尔的主要目的。

父亲说，大舅爷生前和逝世时，我们没有条件和能力去见他，今天哪怕再远，也要到他的墓地去祭拜一下，这样才能了却咱们的一桩心愿。因为以前咱们家很穷，关键时候全靠大舅爷的拉扯，人应懂得感恩！

据父亲讲，是大舅爷汇给他的80元钱使他操办完了自己的婚事；大舅爷回家探亲时，我们家修房子，他还帮着背土……

大舅爷在抗美援朝结束后，转业到内蒙古牙克石市新帐房林场当了一名工人，直到1985年退休。1991年去世，永远长眠在了新帐房的黑土地上，他一生为人正直、诚实、善良，深得大家的敬佩和尊重。

从呼伦贝尔市到牙克石市新帐房林场墓地大约260公里，只有呼伦贝尔市到牙克石市80公里的高速，其余全部是蜿蜒曲折的山区公路；而且由于高寒冻土，路面不少地方已经塌陷，汽车行驶在上面，异常颠簸。从呼伦贝尔市出发，途径露天煤矿、乌尔其汗林业局和库都尔林业局，全程260公里，我们往返用了8个小时。

往返沿途，风光无限。一条公路将望不到边际的草原分成两半，那里的农牧民或放牧，或种粮，不受面积限制。公路两旁是沼泽湿地和生长得茂盛的丛柳，不时出现一大片落叶松和白桦林，它们像剑一般笔直耸立，似哨兵一样守护着祖国的北疆大地。最让人震撼的是那一大片一大片的黑土地，少则几十亩，多则成百上千亩，由于季节的差异，成片的土豆正开着白花，熟透了的小麦正等待收割，散落在山野间的油菜花一片金黄，收割机、洒水机等正在地里劳作。进入大兴安岭林区，越往前走，人烟越稀少，真有一种“大漠孤烟”的味道。我们不时看见路边一两个采摘野果的牧民。林区的个个储木场，据说曾经木头堆积高达二十多米，如今已空空如也，这是全面禁伐带来的成果。20世纪六七十年代的无序砍伐，造成今天那里无树可伐。一代人的砍伐，毁掉了几代人的生活。这里的伐二代、伐三代已经纷纷走出大山，走向外面更精彩的世界。生态环境严重破坏，令人痛心！

大舅爷的墓地就在库都尔林场前行9公里处公路旁边的丛林中，我们到那里时，未曾见过面的表姑（大舅爷的大女儿）已经等候在那里了，她还在山上捡了不少野菌，说是让表叔捎回城里吃。我们按照老家的习俗，在大舅爷的坟前上香、鸣炮、跪拜……了却了父亲的心愿，他终于长长地舒了一口气！

祭拜完毕，我们来到库都尔林场所在地的小餐馆，热情的表姑安排了一桌丰盛的菜肴招待我们，老实巴交的表姑父提了两瓶白酒，起初一言不发，几口酒下肚，话也多了起来……午饭结束，表姑父硬是要叫我们到他家里去看看，盛情难却，只好依从！

低矮的板房，顶上还钉着铁皮，屋内放着几件简朴的家具，但很整洁，屋外是堆积如山的短木头，说是用来过冬烧火用的……这就是当今伐木工人的生活。不过，这种远离城市喧嚣、与世无争、自给自足的世外桃源般生活，他们已经很满足了！即使在山外购了房，他们也不肯搬过去住，不愿离开大山半步！

离开表姑的家，她将放在冰箱里的从山上采回的一罐蓝莓果执意要送给我父亲，说是可以降高血压。父亲不好推辞，只好收下她那一片难得的苦心！

五

国门，是一个国家主权所在和领土完整的象征，庄严而神圣。

位于中俄边境线满洲里市的中华人民共和国国门，是我长期以来所向往的地方。

我们乘坐出租车从呼伦贝尔市出发，不到3个小时便到达了满洲里国门。

满洲里国门景区是重要的爱国主义教育基地，是全国100个红色旅游景点之一。它包括红色旅游展厅、41号界碑、和平之门广场、火车头广场、红色秘密交通线遗址、战斗机广场等6个红色景点。

在红色旅游展厅，我才真正了解到历代国门变迁的历史，现在的满洲里国门是历经前四代国门的变迁而形成的第五代国门。它总长105米，宽46.6米，高43.7米，过桥高16.9米，总建筑面积6000平方米。气势雄伟，巍然屹立。前事不忘，后事之师。通过历代国门的变迁及展示，折射出一个国家兴衰的轨迹。我为我们强大的祖国而感到骄傲和自豪！

在41号界碑前，游客们争着合影留念，记录自己来到边境线上的瞬间，接受爱国主义教育和洗礼，由此更加珍惜和平美好的岁月和自由和平生活。

在火车头广场，儿子来到一个“俄罗斯冰淇淋”冰柜前，想买一只冰淇淋，一问价：“25元！”儿子转身就走了，我们问他为什么不买呢？他的回答很简单，就是四个字：“俭以养德！”小小年纪就懂得俭与德的关系，我不得不为儿子的这一举动点赞！

……

短短的几天公休很快就结束了，一场说走就走的旅行，看到的是不一样的风景，一次久违的亲情会面，延续的是不同代际之间的感情，一次难舍的离别，期待的是下一次相聚。

“上车饺子下车面。”热情的表叔招待我们吃过最后一顿晚餐，乘坐在去机场的出租车上，夕阳下的天空出现两道鲜艳的彩虹，把海拉尔映衬得更加亮丽……它将继续以火一般的热情迎送着南来北往的客人！

再见吧，我的表叔！

再见吧，可爱的海拉尔！亮丽的内蒙古！

走进西藏

西藏，位于青藏高原西南部，平均海拔在4000米以上，素有“世界屋脊”之称。它地域辽阔，地貌壮观，资源丰富，文化灿烂，并以其雄伟壮观、神奇瑰丽的自然风光而闻名。

带着向往，带着任务，带着一份虔诚和挑战，开启了我的西藏之旅。

一

7月23日早上6点15分，我们乘坐从成都飞往拉萨的飞机，8点20分正点抵达贡嘎机场。

一下飞机，内地和高原的气压差，使我感到略微有点头昏脑涨。

“不会是高原反应吧？”我心里这样想。

走出机场，坐上开往拉萨的汽车，跨过雅鲁藏布江，穿过嘎拉山隧道，透过车窗，一眼望去的是被烟雾笼罩的刀凿斧削般的大山，浅草刚刚冒出地面，一个个山包就像一个个光秃秃的馒头，初升的太阳在浓雾中时隐时现，天空飘着小雨，唯有道路两旁一排排枝叶繁茂的柳树为苍茫大地平添了一份生机与绿意！据接机的朋友讲，拉萨栽树很难成活，一到冬季，整个山坡没有一棵野草和树木。

从贡嘎机场到拉萨市区，大约50公里的车程，半个小时就到了。这时雨停了，太阳也露出了它那羞涩的笑脸。我们在西藏高新区一家重庆小面店吃过早饭（高原气压低，那里煮面是用高压锅），然后驱车来到了下榻的酒店——呈祥东馆酒店。

因为时差原因，西藏的作息时间与内地相差很大，当地上午的作息时间是9点30分至12点30分，下午的作息时间是3点30分至6点30分。

在宾馆休息几个小时之后，午后3点，我们才出去吃午饭。此时拉萨仿佛离天更近了，蓝蓝的天空零星地飘浮着几朵白云，发白的太阳直射下来，照在人身上有一种钻心的痛，超强的紫外线，只要暴晒五分钟，就足以使你脱皮，眼睛直冒金星，不少内地在那里打工的朋友，已经黑得如同非洲人一般。由于高原缺氧，我的后脑勺开始有些疼痛，眼压逐渐升高，眼睛也涨痛起来，此时对高原反应又多了一份恐惧和担心！

傍晚时分，天空开始出现了大片大片的乌云，太阳也趁机躲了起来，失去了正午时的威风，一场大雨即将来临，天边响了一阵子干雷，雨，终究还是没能下下来，但天气却非常凉爽。

由于工作原因，平时很少有机会这样陪儿子。在对儿子一天的陪伴中，我发现，一个11岁的孩子，在社交中，他对细节和度的把握非常到位。一是他很尊重别人的劳动。比如在用餐时，筷子掉了，他很礼貌地说："服务员阿姨，我筷子掉了，请帮我拿双筷子。"这时服务员笑着并很乐意地把筷子递给他。二是他很主动地与别人交流。比如在飞机上，他主动教旁边的老太太、老爷爷使用座位上的电子视频系统。吃了午饭，我们在与提供用车服务的驾驶员分别时，他主动问："驾驶员哥哥，你现在不和我们一起走了吗？"他的问话给人留下了深刻印象。三是在公众场合他很有礼貌。比如晚餐尚未结束，他需要提前离开时，大声对大家说："你们都请慢吃！"显得那么落落大方，彬彬有礼，一点也不拘谨。我想，这些都是陪读妈妈的功劳。

二

大昭寺，又名"祖拉康""觉康"（藏语意为佛殿），位于拉萨老城区中心，距今已有1300多年的历史，它在藏传佛教中拥有至高无上的地位。

环大昭寺外围一圈“八廓街”，亦即“八角街”，保留着古藏式建筑风格，一般3—5层，主体是石头垒砌而成的，外墙是统一的藏文化图案。八廓街上全是民族旅游工艺品、藏文化饰品、奇石和藏刀等，从八廓街上的安检口进入大昭寺广场，穿过广场径直来到大昭寺正门口。

正门口外是一个大约60平方米的院坝，左侧是一口大锅，据说是曾经开法会用来做饭的，正门口外挤满了前来朝圣的人，有男的，也有女的，有年老的，也有年轻的，或站立，或跪拜，或平躺，他们按照自己的节奏做着叩拜的动作，神情凝重。据导游讲，朝圣者必须做叩拜十万次以上，方显赤诚，做得快的，两三个月就可以完成，做得慢的，要三年才能完成，其虔诚之心，真可谓感天动地！

朝拜的人从院坝的右侧进入院内，游客则从院坝的左侧进入院内。

从正门口进入院内，小院是石条铺成的，院子有600年的历史，是开法会的地方，也就是法师辩经的地方，院子的左边是三个高高的石凳，据说是监考法师的座位，法经博士的资格一般都是在这里取得的。

再往里走是大雄宝殿。大雄宝殿的正中央安放着十世班禅大师的塑像。塑像前面有105个座位，是大昭寺内105

位僧人每天诵经的地方。

大雄宝殿的右侧供奉着建桥专家、天葬创始人、班禅、达赖喇嘛等塑像，每一尊塑像的背后都有一段藏传佛教的历史。每天前去朝拜的人和游客非常多，因此殿内显得十分拥挤。

从一楼上到二楼，引人注目的是藏传佛教的壁画，据说是公元7世纪从印度传入的，在二楼的楼道尾部是一个转经筒。到这里来的游客都会绕着转经筒走一圈，就相当于把所有的经书读了一遍。

从转经筒旁边的楼梯上到三楼，穿过一个巷道，便来到大昭寺的顶部，在那里可览大昭寺顶部全貌，是游客拍照留影的好地方。

大昭寺融合了藏式、唐代、尼泊尔、印度的建筑风格，成为藏式宗教建筑的千古典范。据说大昭寺总共投资10亿元，其中政府投入2.7亿元，其余全部是人们捐献的功德。

寺前终日香火缭绕，信徒们虔诚的叩拜在门前的青石地板上留下了等身长头的深深印痕。万盏酥油灯长明，留下了岁月和朝圣者的痕迹。

修行修心，积善行德，信仰坚定，绝对忠诚。人，一旦有了信仰，就会迸发出无穷的力量。

两天来，虽然同行的人陆续出现了不同程度的高原反应，但目睹了朝圣者修行的那份虔诚，大家更坚定了挑战极限的信心，所以，一定会不虚此行。

三

虽说是休假，但走访在日喀则的贷款大客户也是我此行的重要任务。

从拉萨到日喀则最便利的交通工具是火车。由于今年夏天那里的雨水较多，铁路沿线经常出现塌方和滑坡现象，火车常常有被取消班次的可能。我们预定的火车票是24日下午6点10分，虽然没有被取消，但由于我们到达车站的时间比较晚，加之排队取票，差点错过了此次列车。

一路上，高山连绵起伏，雅鲁藏布江缓缓向东流去，一片片湿地呈现在眼前，美不胜收，我感叹造物者的神化，更惊叹祖国山河的壮美。火车在高山峡谷中穿行，或明或暗，渐行渐远，短短的3个小时很快就过去了。晚上9点，我们便到达了日喀则。

25日早上，我们准备去工地。那里的天气变化无常，早上出门时还下着小雨，大约10分钟来到工地，天空已经放晴，太阳也悄悄地爬上了山头。天高云淡，碧空万里，放眼望去，远处的山峦、沟壑清晰可见。

我们到工地转了转，基础工程填方比较多，已经完工，现已进入地面一层施工，工地上100多名工人正干得热火朝天。

然后，我们来到工程项目部，翻阅了项目规划设计方案、中标通知书、工程承包合同等全套资料。

该项目负责人朱总说，做政府项目，合同签订必须合规合法，法律手续完备，避免政府人员的变动给日后收款带来不便，要学会用法律来维护自己的权益。同时，他也谈了他的还款计划和打算。看来他对风险的管控还是比较到位。

朱总是达州人，他到西藏已经十多年了，不仅在和别人一起做项目，而且自己也成立了公司，主要承包市政工程，带着家乡的亲戚朋友一起干。他貌不惊人，且为人低调，但他做事干练果断，在西藏建立了很好的人脉关系，承揽了很多工程，去年还获得了“鲁班工程奖”。他是一个诚实、守信、精明、能干的人。

我对朱总说，首先，企业靠的是管理。再好的项目，如果管理不善，结果一定不理想，有时甚至会亏本。其次，投资必须审慎。经济上行时，要抓住机遇，加快发展；经济下行时，不能贪大求虚，要学会稳健经营。先做强，再做大，作为家族企业，更不能出问题，出了问题，影响的不仅是个人，而且是整个家族。再则，投资要多元化。“鸡蛋不能放在一个篮子里”，这是众所周知的道理，但在实际操作中，人们往往会忽略这一点，只有多元化投资，才能分散风险。我也希望他能兑现自己的承诺。

百闻不如一见。看了他们的工程项目，我们心里也更加有底了。

四

“到珠峰大本营看星星”，是每一个到西藏的人的心愿。

原计划25日下午从日喀则回拉萨，但为了了却大家的心愿和登临人生能达到的最高点，领略茫茫雪山风景，我们还是打消了所有的顾虑和担心，决定前往珠峰大本营一探究竟。

下午5点，我们从日喀则出发，一路向西，途径萨迦县、拉孜县、嘉措拉山、珠穆朗玛国家公园，然后到达定日县。路上除了光秃秃的大山外，偶尔可以见到一群群在河边放牧的绵羊、一片片绿油油的青稞苗和金黄色的油菜花，只有道路旁边山坡上的输电塔翻越千山万水，自始至终不离不弃一直在陪伴，我不得不为那些“光明使者”辛勤的付出点赞。从日喀则市到定日县城230公里的行程，足足用了4个多小时，到达定日县城已是晚上9点20分。

我们在定日县城找了一家重庆人开的餐馆，吃罢晚饭，已近11点，天空灰蒙蒙一片，月亮也显得模糊不清。据饭店老板讲，那样的天气是看不到星星的，加之定日县城到珠峰大本营还有130公里的路程，连日奔波劳累，大家身体疲惫不堪，只好作罢。

26日，天气晴朗。我们早早起床，匆匆吃过早饭，8点15分从定日县城向珠峰大本营进发。

出定日县城大约半个多小时，就来到了珠穆朗玛国家公园门口。

从珠穆朗玛峰国家公园门口到珠峰大本营全是呈“Ω”型线路，需要翻越一座大山，而上山下山的路又全是“麻花”型，路窄、坡陡、弯急，坐车的个个都心惊胆战，但所有的驾驶员都胆大心细，未出现任何闪失。11点30分，我们顺利抵达珠峰大本营。

“珠峰，我来了！”我大吼一声。这一吼，仿佛释放了心中的所有压力。同时，也找到了“山高人为峰”的感觉。珠峰就在眼前，在太阳的照射下，她就像一位羞涩的少女，慢慢揭开了神秘的面纱，露出了她的尊容，她洁白无瑕，光芒耀眼，形似布达拉宫，使人有一种跃跃欲试，捷足先登的冲动。

珠峰大本营位于海拔5200米高的大河坝，一条河流从珠峰下面流过来，又缓缓地从大本营旁流向远方，那里是不是雅鲁藏布江的源头，我未曾考证。空气稀薄，呼吸困难，同行的朋友一再提醒大家尽量慢走，少说话。珠峰大本营是由许多顶帐篷围成的一个大圈，也就是供游客住宿的“宾馆”。大本营里有藏族群众经销旅游饰品、日常用品和藏文化信物等，也可以供游客停车之用。藏族群众在这样的极限之地，以自己独特的生活方式，展示着人类生存的本能，彰显着自己存在的价值。

大本营外面的河滩上有两个“珠穆朗玛峰大本营”标牌和两个“珠穆朗玛峰高程测量纪念碑”，游客们争先恐后在那里摄影留念，我也忍不住前去凑凑热闹，在那里留下难忘而又美好的瞬间。

我和儿子坐在河边玩耍，儿子捡起一块石子打出一个水漂，河面掀起了一层涟漪，我们就这样享受着极限之地难得找到的那份宁静和惬意。

再往前走，就是边防警戒线，而且立着一块“游客就此止步”的醒目招牌，旁边还有一块公告牌。看到前面的公告牌，儿子提示说：“不能再往前走了，再往前走就违法了！”

“小朋友不错，从小就懂得遵纪守法。”在场的边防警察为他竖起了大拇指。

“越过边防警戒线，到里面山上去的，至少有六七人，我不用看就知道，一会儿得给他们上上课，叫他们好好学学法，因为再往前走就十分危险了，我们还得为大家的生命安全负责。”边防警察说。我们应该感谢这些为我们守护安全、守护生命的人！

珠峰大本营是我有生以来到达的海拔最高点。在那里，我看到了广阔的天空，看到了皑皑雪峰，看到了至真、至美、至善的人性，也找回了挑战极限的信心。

世事如此，人生亦如此！

五

羊卓雍措，是西藏的又一大景区，位于西藏浪卡子县境内。

为了欣赏到羊湖美景，27日上午9点，我们从日喀则出发，选择经白朗、江孜、浪卡子、曲水县、拉萨河大桥、机场高速，返回拉萨。

途径江孜县境内的乃钦康桑峰——西藏四大神峰之一，也是《红河谷》的拍摄点，此地海拔5020米，皑皑白雪近在咫尺，触手可及，虽然是夏天高温季节，但厚厚的积雪一点儿也没有融化的痕迹。在那里小憩，会有藏族姑娘过来与你搭讪，同你合影，只用付10元的小费就可以了，这样的机会大多数人不会错过，也有在那里摆摊的藏族人过来向你兜售奇石和藏族饰品的，却无人问津。

继续前行就到了浪卡子县，路边到处都是四川人、重庆人开的餐馆，我们选择了一家川菜馆用午餐。吃饭的间歇，来饭馆里兜售手串、吊坠、串珠、精美石头等小商品的本地人一拥而上，把人团团围住，难以招架，那种营销架势远远超过了我们银行的营销人员，让人不得不佩服。同行的朋友还是经不住“诱惑”，随便挑了几件小东西作为留念。

用过午餐，我们前往羊湖。羊湖是羊卓雍措的简称，意思是“上面牧区的碧玉湖”。羊湖湖面海拔4441米，东西长130公里，南北宽70公里，湖水面积638平方公里，水深30—40米，是西藏高原上的“三大圣湖”之一，是雨水、雪水、冰川混合补给的综合型内陆湖泊。羊卓雍措状若纸扇，四周群山环绕，湖中有30多个小岛，最大的湖岛面积达8平方公里，最小的也有3000平方米，湖中浮游生物种类繁多，为湖中的鱼群提供了丰富的食料，是一个天然鱼库。羊湖的水绿得让人心醉，有一种“掬一捧、喝一口”的冲动。

我们来到湖边的一个观景台，那里有几个藏族群众提供的与藏獒拍照的照像点，湖边还有几个骑牦牛的拍照点，游客们争相在那里留下美好的瞬间。再往前走，羊湖边还有一些羊湖民宿，是当地近年来大力发展旅游业为游客提供的一种便利。

过了羊湖，车子便从湖边盘旋而上来到山顶，山腰和山顶分别有一个观景点，在那里可以观羊湖全貌。山顶猎猎经幡，随风飘舞，再现了藏民族虔诚的信仰。为了不耽误晚上看戏，我们就没有在那里停留了。

从山顶向下行驶，下山的路异常崎岖，坐在副驾驶的位置上，不敢向车窗外看，加之正值西藏旅游旺季，来往的车辆非常多，我一再提醒驾驶员缓慢行驶，下到山脚，我们悬着的心才放了下来。

下午4点30分，我们终于返回了拉萨。

六

看藏文化大型史诗剧《文成公主》是到西藏旅游的又一大看点。

大型实景演出的地点在西藏旅游文化产业创意园，演出时间是每天晚上9点半至11点。

该剧反映的是流传中一千多年前唐朝文成公主嫁给藏王松赞干布的故事。藏汉联姻促进了民族团结，特别是对藏族经济、文化等方面的发展，起到了积极的作用。当时汉族的建筑、造纸、纺织、酿酒、制陶、冶金、农具制造等生产方面的技术，还有历法、医药等陆续传入藏族地区，对吐蕃的发展起到了极大的推动作用，同时，汉族也吸收了不少的藏文化。

演出场景气势恢宏，剧情跌宕起伏，给观众以强大的视觉冲击和心灵震撼。

“我想要生者远离饥饿，我想要贫者远离忧愁，我想要老者远离衰老，我想要逝者从容安详……”体现了藏王松赞干布的为官境界和他要让吐蕃成为人间天堂的美好愿望！

“世上没有远方，天下就是故乡，爱情就是天堂。”又是文成公主促进藏汉融合，自我牺牲的真情表白。

看完此剧，给人以深刻的启发。

七

布达拉宫是松赞干布为迎娶文成公主而修建的，7世纪重建之后，是历代达赖喇嘛的冬宫居所，也是西藏政教合一的统治中心。

经朋友预约，我们于28日上午9点随团参观布达拉宫。

拿到参观预约票，我们通过安检进入了布达拉宫内院。据导游介绍，布达拉宫下面的附属设施，称之为“雪城”，意为下面之城，是一百多年以前建成的。

布达拉宫所在的山是玛布日山，又称“红山”，是吐蕃王朝的龙脉。

布达拉宫离地面有100多米高，布达拉宫外墙由四种颜色构成，其中红色代表宗教，白色代表政权，黄色代表皇权，黑色代表金刚手菩萨。

从正门口进入布达拉宫，右手边是布达拉宫珍宝馆，里面收藏的文物达10万多件，以种类多、级别高、时间长而著称。

走出珍宝馆，再次经安检，拾级而上，来到布达拉宫大殿门口，再往上登两层楼，就到了大殿顶楼，面积大约1400平方米，是过去演藏戏的地方，两侧曾经是僧人居住的地方，左侧是观音圣殿、法王洞等，收藏有无数珍宝，右边是白宫，是达赖喇嘛处理政务和召集四品以上官员开会的地方。

参观完布达拉宫，我们对布达拉宫的历史和藏文化有了更进一步的了解。

走进西藏，我们登临了人生到过的最高点，看到了最美的风景，领略了藏文化的博大精深，收获了至真至善至美的人性，找到了挑战极限的信心，增添了工作的动力。

真可谓不虚此行！

自驾若尔盖

“再不陪孩子出去玩玩，这个假期可就没有时间了。”妻子唠叨着。

听朋友讲，这段时间若尔盖草原景色非常美！一直想去，却很难成行，况且那边还有很久未见面的同学呢！

“自驾若尔盖，明天早上6点出发。”我随即跟那边的同学联系。

“自驾去若尔盖需要五六个小时。”那边同学回话了。

周末两天时间，掐指一算，虽然时间有点紧，但还是够用了。

说走就走。说是早上6点就动身，大家磨磨蹭蹭，直到7点40分才从成都出发。

上三环路，走成灌高速，转都汶高速，进入汶川境内全是高耸壁立的大山，被地震摇松的山脉，经雨水冲刷留下一道道泪痕。车行至距汶川14公里处，是大禹故里、羌寨门户，那里有大禹文化景区，让人想起大禹治水“三过家门而不入”的故事，半山腰伫立着李冰的塑像，他仿佛正目视着滔滔江水从山脚下奔腾而去。附近的服务区内，水果摊一字排开，仅李子品种就有十多个，我们随便挑选了几个品种品尝，味道鲜甜可口。我从一水果经销商口中得知，他们通过退耕还林、退牧还草，种植水果已经10年了，近两年才挂果，他家4亩地，年收入可达两万多元，另外他还在附近的工业园区靠烧烙铁挣钱，看来他日子过得很不错！

出服务区继续前行，过汶川、茂县前往松潘。沿途两岸全是果树，或平坝，或山脚，或低坡，一片片、一圈圈、一坡坡，有李树、桃树、枇杷树，几乎家家屋前都有果园，一座座羌寨掩映在果树丛中，给人一种瓜果飘香田园生活般的感觉。这些都是脱贫攻坚，产业培育带来的成果。

进入到松潘县境内，群山耸立，壁立千仞，穿梭峡谷，观天一线。翻越海子山，道路弯拐曲折，令人望而生畏，真有“蜀道难，难于上青天”之感。听说曾经有七八辆车由于车速过快，驶出了弯道，坠下山崖，车毁人亡。我们小心翼翼翻越了海子山，穿过海子山隧道，便进入了红原境内。

此时，全是望不到边际的草原，遍地是青青的牧草和肥硕的牛羊，顿觉视野开阔，神清气爽，蓝蓝的天空飘浮着几朵白云。汽车奔驰在辽阔的草原上，打开车窗，一阵微风拂来，令人心旷神怡，大约一个半小时，我们就到了若尔盖县城。

从成都到若尔盖，全程近500公里，我们用了将近10个小时。

到了若尔盖县城，我们下榻在同学提前帮我们预定的酒店，然后随他们一家一起去吃晚饭。我同学是藏族之家，全家3口人，他一个人在若尔盖上班，女儿在德阳外国语学校读高一，除了会藏语，还会汉语，学过英语，专修日语，懂四种语言，他爱人一直在那里当陪读妈妈。看得出来，他们一家对孩子的培养相当重视，期望值也很高。

晚餐安排的是藏餐。同学说："这里的中餐和火锅都不见得比内地好，干脆请你们吃个特色的，那就是藏餐。"说实话，吃藏餐我还是头一回。走进餐厅的一个大雅间，中间是两个大茶几一样大、高矮差不多的方形藏餐桌，桌上是一个大转盘，桌子的四个角上放有各类果汁饮料和青稞酒，桌子的四周是四张沙发一样的长条椅。我不知道藏餐的坐席有哪些规矩，随便找了个位置坐了下来，热情的主人首先为我们每人盛上一碗酥油茶，然后餐馆的服务员陆续为我们送上藏餐，有大块肉、藏香猪肉、牙签牛肉、藏香饼、炒豆角……看到满桌佳肴，不知从何下

手，同学给我们介绍藏餐的吃法。我随即用刀子割了一块藏香猪肉放到嘴里，细细咀嚼，味道还真不错。随后看到满桌大肉，就没有胃口了，毕竟第一次吃藏餐还不习惯。老同学似乎也察觉到了，要叫我们出去吃中餐或火锅，但被我们谢绝了。我们围坐在桌旁，聊着当地的工作和生活。原来他在当地一边做着单位的工作，一边做着民族团结的宣传工作，他曾经驻村两年，主要从事“两同”（与党同心、目标同向）方面的宣传工作，为民族地区的繁荣和稳定发挥着积极的作用。我对他这位藏族同胞崇高的品质油然而生敬意……我们一直聊到晚上9点，才回到宾馆。

高原的夜是如此寂静，仿佛只有天上的牛郎星和织女星在含情脉脉地注视着对方。街上很少有人走动，到此旅游的人早已回到了宾馆，我躺下便睡着了。半夜，隔壁房间一个男人粗壮的说话声把我从睡梦中吵醒，再也难以熟睡了，我就那样迷迷糊糊熬到凌晨5点。

第二天早上5点30分，我们便驱车前往黄河九曲第一湾。从若尔盖县城到黄河九曲第一湾60多公里路程，我们开车一个小时就到了。

发源于青藏高原的黄河在那里形成第一大转弯，景区平均海拔3500米，与甘肃省隔河相望，这是黄河在四川境内唯一的一段，登高远眺，可见黄白二河争流，似飞天飘带和哈达，从天之尽头飘然而来，又似大草原上一对深情相拥的恋人，难舍难分。“黄河天上来，红日地中落”，那里岛屿众多，红柳成林、沙鸥翔集、渔舟横渡，形成“落霞与孤鹜齐飞，秋水共长天一色”的壮美景色，被中外科学家称为“宇宙中庄严幻景”。更有古寺白塔，簇簇帐篷，缕缕炊烟，声声牧歌，牛羊点点等相伴于黄河。在那里还可漫步栈道，看日出日落，观云海缥缈，找到心的归属，让人流连忘返。

离开黄河九曲第一湾，我匆忙驱车经唐克乡——瓦切镇——阿木乡——红原县城——红原机场，然后乘坐当天中午12点的航班飞抵成都。

因为有事，不得不乘机返回，我的自驾若尔盖就这样半途遗憾地结束了。

我爱江西

有一个地方，总会令人神往；有一些亲情，总会让人牵挂；有一种冲动，总会使人说走就走。

借着五一小长假，我来到了江西，领略江西的美景，踏访革命先辈的足迹，重温中国革命斗争的历史。

绿色魁宝

我爱江西的绿。江西的绿，绿得令人心醉。一踏上江西这块土地，映入眼帘的是一派绿水青山的景象。从赣州乘车到井冈山，穿过重重丘陵，驶入巍峨大山；透过车窗望去，万亩田畴，郁郁葱葱，嫩绿的秧苗正拔节生长；座座山峦被茂密的青松覆盖，山坡上一丛丛白色的刺花开得正艳；偶尔冒出一片片茶园，采茶的姑娘正忙碌着采摘春茶，给辽阔的江西大地平添了几分生机和灵气。江西的绿，绿得娇嫩欲滴。进入井冈山，山脚被一团团杜鹃花包围着，山上松林中有毛竹，毛竹林中有松树，松竹相互映衬，墨绿与嫩绿相互点缀，犹如一幅秀美的水墨画，一阵绵绵细雨过后，青青的竹叶上如同涂抹上了一层晶亮的油，苍翠欲滴，空气清新，透彻心肺。江西的绿，绿得生态环保。这里森林覆盖率达到了63%，环保治理卓有成效，空气环保质量大幅改善。万亩柚园，果中珍品；竹筒米饭，清香四溢；红米饭，南瓜汤，返璞归真，找到乡愁。赣鄱大地，山清水秀，被誉为“生态江西”。

红色沃土

我爱井冈山的红。井冈山的红，红得最早，红的时间最长。井冈山是大革命失败后，中国共产党建立的第一个红色革命根据地，迄今已有90多年的历史。

通向井冈山景区的高速公路两旁、隧洞口随处可见“红色沃土，革命摇篮”“星星之火，可以燎原”等宣传标语。

过了景区收费站，是一个广场。广场的一旁矗立着“中国工农红军红旗”雕塑，上面有毛体“井冈山”三个大字，底座上有朱德题的“天下第一山”。我们在这里拍照留念后，找好导游。据导游讲，井冈山景区共有16个景点。由于时间有限，我们选择了主景区——茨坪。

车行至半山腰，鲜花丛中有一座一只大手握着一只古铜色的号角的雕塑，雕塑的底座上书有“胜利的号角”五个大字。看到它，眼前仿佛呈现出号角手吹响号角指挥着千军万马冲向胜利的那一刻，令人热血沸腾，力量倍增。

沿着崎岖山路继续前行，大约10分钟的车程就到了茨坪景区。景区内有很多个干部培训基地和数十家为红色旅游提供服务的宾馆。

我们来到景区的核心区——井冈山革命博物馆。远看，它像一个“工”字。拾级而上，来到第一平台，里面是一、二展厅，第二平台里面是三、四展厅。四个展厅记录了中国革命道路的艰难探索、井冈山革命根据地的创立、井冈山革命根据地的发展等井冈山革命斗争的光辉历程，翔实而生动地再现了“坚定信念，艰苦奋斗，实事求是，敢创新路，依靠群众，勇于胜利”的井冈山精神。井冈山斗争时期的共产党人，用自己的行动和生命，践行着革命的初心。他们依靠党的组织，坚持把马克思主义的普遍真理同中国具体实践相结合，成功地闯出了一条具有中国革命特色的道路——井冈山道路。我是带着父母、妻子、儿子前来参观的，在参观展厅的同时，我看到了一位老奶奶坐着轮椅来缅怀革命斗争的历史；一群小朋友在红军草帽下行着队礼，致敬革命英雄；儿子在不停地用手机拍着井冈歌谣和井冈名言录，记录做人的标准和作文的素材……那一刻，我真正读懂了“不忘初心”的含义。第三平台上是朱毛井冈山会师的浮雕，浮雕底座上是“胜利的起点”五个大字，它将激励着一代又一代中国人不忘初心，继续前进，去夺取一个又一个胜利，实现中华民族伟大复兴的中国梦！

井冈山，奠定了中国革命胜利的基础；井冈山，开辟了中国革命崭新的纪元。习总书记第三次登临井冈山时指出：“井冈山是革命的山、战斗的山，也是英雄的山、胜利的山。”

风雨石燕洞

我爱石燕洞。石燕洞，又称“红军洞”，位于井冈山梨坪。千百年来，石燕洞历经风雨，书写了一个又一个传奇的故事。

相传很久以前，井冈山遭到天灾，手指大的蝗虫、蚊虫遍地皆是，导致疾病流行。观音菩萨派修炼了九百年的蝙蝠精，统帅十几万只蝙蝠从南海飞来，日夜捕食蝗虫蚊虫。一个月后，虫灾扑灭，瘟疫消除。观音娘娘念蝙蝠精为民除害有功，向玉皇大帝奏报封它为王，将桐木岭腹地的山洞赐为宫殿，从此，蝙蝠精在洞中栖息。井冈山的老百姓称蝙蝠为石燕，因此，此洞又叫石燕洞。

1928年11月之后，梨坪成为红军储藏粮食的地方。按照防务委员会派来干部的规划，在小梨坪的石燕洞建有存粮的库房。群众砍来竹子和木头，一排排搁在地上，粮食放在上面，防止稻谷受潮霉烂。老人们讲，当年藏有六七十担稻谷，同时那里还是红五军的医院，彭德怀军长曾两次进到洞里看望伤病员。为守住这处要地，红军组织赤暴队在洞前的几处地方设置了檑木滚石、竹钉阵，并把几门松树炮布置在那里。可见，石燕洞是一个易守难攻的好地方。

今天的石燕洞已成为人们到井冈山参观的红色景区。从右侧“石燕红军洞景区”大门进去，沿石阶拾级而上，大约步行1000米，就到了石燕洞口，洞口上方书有“石燕洞天红军幽谷”字样。狭小的洞口只能容一人通过，进入洞内，真是“别有洞天”。洞内七洞相连，道路上下起伏，蜿蜒曲折，形似迷宫；溶洞景观，形态各异，比比皆是，“情侣”“千年等一回”“贵妃出屏”“东海龙宫”等惟妙惟肖；洞中再现彭德怀军长看望伤病员的历史场景，声光色一应俱全，真可谓“天工人可代，人工天不如”。洞内空气潮湿，部分地方还有滴水，令人清爽异常。从左侧洞口出来，顿觉视野开阔，极目远眺，漫山遍野的毛竹映入眼帘，让人倍感身心愉悦！

新疆是个好地方

八月秋爽，艳阳高照，碧空万里，天高云淡。透过飞机的舷窗俯瞰大地，时而绿水青山，时而黄土高坡，时而大漠荒原，时而秃顶尖山……平原、高山、河流、湖泊、沙漠……从眼前匆匆掠过。蔚蓝的天空下漂浮着朵朵白云，像一堆堆高积的雪山，似一群群肥硕的绵羊，如一朵朵弹泡的棉团……网状的阡陌交通，很难想象人所能及。辽阔的戈壁荒原，挑战着人类生存的极限，勇敢的炎黄子孙，决战着代际传递的贫困……我感叹祖国之辽阔，山川之秀美，人民之伟大！越万千沟壑，览万般风景，任风云变幻，看云卷云舒！

有诗云：

俯瞰山川好壮观，
波云诡谲为之叹。
荒原戈壁孤烟直，

绿树成荫万众欢。

成都飞乌鲁木齐三个多小时，下了飞机，兼具老乡、同学、亲戚身份的热情的主人早已等候在机场停车场，将我们接到乌鲁木齐开发区的“可爱的新疆”饭店吃新疆餐，已过中午1点。据他们讲，新疆与内地时差两个小时，在平时要到两点才吃午饭，我们叙话新旧，边吃边聊，大块大块的烤肉油而不腻，肉香味美，回味无穷。

逛大巴扎

午餐后，我们前往大巴扎。大巴扎，维吾尔语的意思是集市。逛大巴扎，就是赶集。

大巴扎是乌鲁木齐市老城区的一个中心点，是一条步行街和商品集散地，如同北京的王府井、成都的春熙路。国际大巴扎是国家4A级景区。它由五大部分组成，集文化艺术、玉器、丝绸、中药材、新疆特色干果、美食等于一体。

大巴扎的标志性建筑是丝绸之路观光塔。塔高近100米，共7层，从第二到第七层分别是丝绸之路南北道文化集锦、新疆绸如戈、蒙古族民俗厅、哈萨克民俗文化馆、维吾尔族民俗馆、观景台/休闲茶吧、克孜尔千佛洞。在那里可以触摸千年历史，感悟神秘丝路。

我们来到大巴扎的文化步行街口，一些卖无花果的果农在那里叫卖，他们用两片叶子将无花果包着，然后用巴掌拍击两下，打开叶子，无花果就可以吃了！

走进文化美食街，商品琳琅满目，大枣、葡萄干、坚果等特色干果堆积如山，玉器、玉石商店一字排开，各种玩具、丝绸民族服饰随处可见……令人目不暇接。

逛了近两个小时的国际大巴扎，然后来到步行街的一处大巴扎馕。馕，翻译成汉语就是饼的意思，形状也与内地的饼相似。馕，有大有小，保存期可长达半年，可用作远行时的干粮。热情的主人和随行的朋友，由于没有互通信息，都各自买了一大袋，只好随行带上，那就姑且把它当作干粮吧！

逛完大巴扎，我们来到高新区，下榻在集电港（乌鲁木齐市高新区信息产业园）的卡尔莱丽酒店，稍事休息后再晚餐。

听说我们到了乌鲁木齐，乡里乡亲都打来电话问候。在乌鲁木齐附近打工的明爷爷专程赶来和我们一起共进晚餐，在新疆参军士官转业的忠林在乌鲁木齐安家落户，一向性格内向的他，专门带上哈密瓜、西瓜和葡萄等水果前来看望我们……朴实的老乡和亲友就是以这种朴素的方式表达他们内心最真实的情感!

有道是:

独在异乡为异客，
遇见亲友更难得。
举杯把盏邀明月，
一片冰心最难却。

上天山天池

天山天池国家地质公园地处东部天山山脉最高峰——博格达峰北侧。公园内地质遗迹景观丰富。以高山湖泊、现代冰川、第四纪古冰川遗迹以及火山岩石林景观为主要地质遗迹景观。由天池、三工河、四工河、水磨河四个景区组成，总面积526平方公里。

我们主要游览的是天池。天池距离乌鲁木齐市只有80多公里，是离乌鲁木齐市最近的一个景区。早上8点30分我们从乌鲁木齐市从发，开车一个半小时，就到达了天山天池景区。

来到景区服务大厅，通过自助设备电子购票后，进入景区，然后排队乘坐景区大巴车，来到位于半山腰的汽车换乘点——天山天池民族风情园。进入园内，首先映入眼帘的是哈萨克族文字历史的简介牌，介绍了哈萨克族语言文字的语系分类、不同地域的语言差别，以及哈萨克族语言文字发展演变的历史。继续往里走，就是维吾尔族乐器演奏、维吾尔族歌舞表演、哈萨克族与马的文化介绍，以及商贩们兜售的各种水果、点心和小吃。歌与骏马是哈萨克族的两只翅膀，所以哈萨克族也被称为“马背上的民族”。穿过民族风情园，便来到了去天池的汽车换乘点。

大约20分钟车程，我们来到了海拔1900米的天池景区服务区。然后沿公路前行500米，一个巨大的高山湖泊就呈现在眼前，远处的皑皑雪山在阳光的照射下更加刺眼，碧绿的湖水平静得像一面镜子，倒映出蓝天白云的影子，我被大自然的威力所震撼。沿湖而行，一个个景点记载着西王母与瑶池的故事。特别有名的是“定海神针的神话传说”，入选第四批国家级非物质文化遗产名录。

正午时分，太阳直射下来，晒得人头皮发麻，而阴凉之处却微风轻拂，并伴着一丝凉意，令人心爽异常。不少游客在树下小憩、乘凉，正是“大树下面好乘凉”！此时，我顺口吟诗一首：

高原峡谷出平湖，
天降（jiàng）瑶池世界殊。
定海神针降（xiáng）水怪，
娘娘神话晓童孺。

清粼粼的水，蓝莹莹的天，还有那皑皑雪山，真让人流连忘返。但根据行程安排，我们又不得不提早下山，免得误了下午去喀什的航班。

观喀什古城开城仪式

喀什古城位于喀什市的核心地带，有东、南、西、北四个入口。我们去的是东入口，那里每天都要举行三场开城表演仪式，分别是上午10点30分、中午12点和下午6点。

主持人简短的开场白之后，就是维吾尔族歌舞表演。他们载歌载舞欢迎着来自四面八方的游客，彰显着民族的团结与和谐。大约10分钟的新疆舞表演很快就结束了。维吾尔族天生就会唱歌跳舞，歌舞是维吾尔族的灵魂。

喀什古城承载着喀什岁月和历史的变迁，它记录着过去，见证着现在，昭示着未来，是喀什市民的生活区和游乐区。与其他古城不同的是，它是国家5A级景区，古城内街衢纵横，迂回曲折，稍不注意就会迷路。

新疆的朋友告诉我们，到喀什的人要学会三句话，即亚打西（朋友之意）、亚克西（您好之意）、火西（再见之意），以便更好地与少数民族沟通交流。

感受沙漠冲浪

从酒店出发驱车近两个小时来到岳普湖县达瓦昆沙漠旅游风景区。

达瓦昆沙漠旅游风景区是国家4A级景区，坐落于世界第二大沙漠塔克拉玛干西南边缘的布力曼库木沙漠中，面积1161.45公顷，景区依托达瓦昆湖这一独特的沙水相连自然景观开发建设，已建成欧式别墅、风情毡房、民族式餐厅、风情园等景观，构成了别具风格的“大漠水乡”美景。时逢夏季，湖光潋滟、烟波浩渺的湖面上川影点点，马达与欢笑声打破了大漠亘古的沉寂。

进入景区，我们乘坐观光车来到大众沙漠冲浪营地。可以选择坐飓风沙漠车和装甲沙漠车进入沙漠中心地带，也可以选择骑骆驼。

我们一行十多人选择了坐沙漠车。22岁的维吾尔族小伙放纵着年轻人的血性，猛地一踩油门，沙漠车开始狂奔，扬起一串沙尘，沙漠车奔驰在高低不同的沙丘中，忽而沙峰，忽而沙谷，惊险、恐怖、刺激！刚开始还有些害怕，心有余悸，后来逐渐放松，感觉十分开心、过瘾！

进入沙漠中心地带，大人们开始拍照发抖音，享受沙漠浴带来的快乐，释放工作中的压力。小孩们在沙丘中玩沙打仗，追逐嬉戏，放飞假期中的愉悦心情！在无垠的沙漠中，大家乐此不疲，尽情地放纵着，忧愁烦恼统统抛之脑后。后来，有朋友调侃我，为啥不在沙漠里洗个沙漠浴呢？回过头来一想，倒是有些遗憾！

然后再来到景区滑沙点。此滑沙点坡度大约60度，坡长约40米，下滑的时间只有几秒。孩子们争先恐后地体验着，看到他们玩得如此开心，我也忍不住去体验了一把这个年轻人的游戏。

坐装甲沙漠车每人每趟100元，看来价格还是不菲，可见合理利用资源，即使生活在沙漠，也同样可以赚钱。

登帕米尔高原

中午12点，我们从喀什出发，沿314国道前行，到达疏附县乌帕尔乡已近13点30分，我们在这里午餐，大碗茶、拉面、烤肉串和啤酒成为了午餐的标配。

吃罢午饭，我们继续朝塔县方向进发。这里人烟稀少，山不长草，只有高山雪水夹裹着泥沙沿河道静静地流淌，途中的加油站仿佛在向过往的客人述说着自己的孤独，灰蒙蒙的天空下被浓雾笼罩着的大山多了几分神秘……一派荒凉景象！从车上下来，太阳是那样的火辣，而风却显得如此温柔，真是火热之中有清爽。

下午4点，到达盖孜边防检查站，这里海拔2600米。过边检站继续沿河爬坡上行，开始出现耳鸣的感觉，皑皑雪山渐入眼帘。

路过海拔3300米的白沙湖，湖面宽阔，波光粼粼，白沙刺眼，湖光山色，倒映其间……来到海拔3600米，这里有一个湖，名叫卡拉库勒湖，湖水碧绿如蓝，湖边绿草茵茵，显示出小草顽强的生命。对岸山坡上，皑皑白雪近在咫尺！难得的高原美景，可拍照留念；湖边的骑马场，可骑马游玩！

我们到达塔什库尔干县（简称塔县）已是下午7点40分，下榻在凯途思齐酒店。一打听，塔城距红其拉普国门还有100多公里，往返酒店还需要3个小时，而通往国门的隧道晚上9点30分就要关闭，只得遗憾地放弃。

然后，我们来到塔城附近的帕米尔旅游景区。帕米尔，是塔吉克族语“世界屋脊”的意思。帕米尔景区规划面积3.1平方公里，由石头城、金草滩、塔吉克民族村、游客服务中心、游客购物中心五大区域组成。

石头城位于塔城北，包括汉代城和清代城，由城墙、城门、寺院遗址和居住遗址组成，是中国三大石头城之一，年代为汉—清，汉代为“蒲犁国”，唐朝设“葱岭守捉”，13世纪称“色列库尔”，清朝设“蒲犁厅”。石头城的结构大致分为内城和外城两部分，主要由主宫、官府、军政官员宅第和佛庙组成。内城从右丘角下砌起，与顶齐高，上大下小，形成壮观的城楼，城墙用泥和石块砌成，目前大部分城墙、城垛、女墙、角楼、碟孔和东北角大门尚保存完好，除内城墙兼做屋壁可见神龛、壁橱及烟囱槽道外，城中的建筑物全部坍塌，地面布满石块，还存少量巨石和土墙。外城部分遭到破坏，多为居民住地，但历史的痕迹依稀可见。我们从前门进入内城，绕内城一周，然后从后门出，便来到金草滩。

金草滩位于石头城下面的平坝中，偌大的金草滩已被打造成金草滩湿地公园。金草滩上栈道四通八达，对面是光秃秃的大山，在夕阳的照耀下，金草滩显得蔚为壮观。

最后，我们乘景区观光车来到塔吉克民族风情园。晚上10点，塔吉克族歌舞表演正式开始，男男女女载歌载舞，表演一直持续到深夜。

在塔城短暂的停留中，驻塔城的南充籍边防武警上尉小江专门请了半天假，来给我们当向导。不到30岁的小江已在新疆武警部队打拼了13年，多次在国际、国内比武大赛中获奖，3个月前又来到了红其拉甫边境，驻守着祖国的大门，守护着人民的和平与安宁、快乐与幸福。小小年纪把自己最宝贵的青春年华都献给了祖国的边防事业，我由衷地向这位人民子弟兵致以崇高的敬意!

在塔城的所见所闻，正印证着塔城人的诺言：志气比山峰高，骨气比石头硬，快乐比氧气多。然而，更令我感动的是，当母亲在塔县身体有所不适的时候，儿子关切地问："婆婆，您有哪里不舒服？还是去吸点氧吧！"并主动去陪伴，虽然他还不到13岁，却懂得体贴人、关心人、爱护人，说明儿子已经长大了！

去那拉提

乘车从伊宁去那拉提，在高速公路上，一眼望去，满目葱茏。大片大片的玉米探出金黄色的穗头，远看就像成熟的稻谷；成排成排的柏杨树，笔直地站立在玉米地的旁边，就像庄严守卫的士兵；一片一片的葡萄园已经套上了白色的袋子，丰收在望；不时有零星的紫薯、芍药和向日葵出现……由高速公路转218国道，道路左边全是光秃秃的山坡，右边是平坝和河流，左黄右绿，一条公路通独库，两边风景各不同。

途经杏花山，据当地驾驶员讲，每年4月份，漫山遍野粉红色的野杏花开得正旺，十分震撼。

一路上都还零星地飘着小雨，到距那拉提26公里的阿热勒托别镇时，太阳悄悄露出了灿烂的笑容，可是到了那拉提，天，就像小孩儿的脸说变就变，又阴沉了下来。

那拉提景区，位于新疆新源县境内，地处天山腹地，在被誉为“塞外江南”的伊犁河谷东端，有“人间天堂”之美称。该景区平均海拔1800米，年平均气温20摄氏度左右，三面环山，巩乃斯河蜿蜒流过，可谓是“三面青山列翠屏，腰围玉带河纵横”。

那拉提景区内有那拉提博物馆、游客服务中心、购物中心，同时开发有多条旅游线路。由于时间关系，我们只选择了其中之一的空中草原线，可是天公不作美，空中草原线因下雨被关闭，我们只好选择河谷草原线。

塔吾萨尼是河谷草原线上的重要景点之一。这里一山四景，景景不同，草甸丛林相映成趣，油菜花开百亩画卷。游客在这里可一览伊犁河谷四大最主要的组成元素：草原、山丘、森林、雪山。每年6月底、7月初，这里会有数百亩油菜花呈地毯式地开放，让人乐在其中、醉在其中、情牵其中。此时，游客会看到，有三棵树木矗立在这里的花海之中，这寓意任何一段美好的恋情，都不是两个人的事情，而是三个人的事情，一段美好的爱情总会在故事的不远处有一个安静的守望者，所以这里也是见证爱情的地方。

接下来是乌孙古墓。诉说乌孙古国的苍凉，追寻先辈的足迹，先祖长眠于此，见证着历史变迁的沧桑。乌孙是我国的一个以游牧为主的古老部落，公元前2至公元1世纪，崛起于我国西北地区，后在伊犁河流域建立了一个举足轻重的政权。据不完全统计，遍布于那拉提草原的乌孙古墓群共有200多座，这些乌孙古墓群既是乌孙王国的遗存，又是历史的见证。在这里游客可以近距离了解和接触埋藏在历史长河中的土堆墓葬文化，体验王者之墓的肃穆与庄严，感受历史变迁的苍凉和肃穆。置身其中，难免会让人有种名利犹如过眼烟云的感慨（英雄的先辈亦不过长眠于三尺黄土，何况我等平凡之人）。每每想及于此，来时心中无法放开的种种名利纠葛就会豁然释怀。

继续往前走，就是依提根塞。体验民俗风情，追逐游牧古道，感受牧人转场的艰辛，领略千年传承的亢强。这里有哈萨克人最淳朴生活的全方位展示，这里陈列着哈萨克历代英雄的画像和生平，也是哈萨克民族游牧转场迁徙古道的入口，热情地向游客展示着哈萨克牧民多彩的生活，无声地向世人诉说着哈萨克历史的精华。骑上高大健硕的伊犁马，扬起手里的马鞭，沿着古道蜿蜒而上，你会有种恍然化身为千百年前艰辛转场的牧人，你会真实体验和感受牧人转场的一路坎坷。走进冬季冰雪覆盖下的冬窝子，接过好客主人为你送上的热气腾腾的奶茶，轻轻吹开奶茶的清香，一口喝下去，那温暖会流进你的口中，流过你的喉咙，暖到你的心里。

最后来到河谷风景点，这里有赛马场、双车骑行区、森林公园度假酒店等。此时，天空已下起了毛毛细雨，气温陡然下降了许多度，周围的山峦笼罩在茫茫的雨雾中，宛如仙境一般！风夹裹着雨，打在人的身上和脸上，有一种透心的凉，不少人躲进了车里。纷纷催促着驾驶员返程。

从伊宁到那拉提286公里，用时近5个小时，全程38公里的河谷草原线，用时两个小时。

过赛里木湖返程

清晨，我们迎着朝阳，从霍城县清河镇出发，前往赛里木湖。

出清河镇几公里，便来到果子沟大桥。果子沟因高速公路两旁的山坡上全是野杏树而得名。果子沟大桥是亚洲最大最高的斜拉桥，穿越两个隧洞，跨越三座山峰，呈半圆弧形，用时4年才建成。

车行近80公里，赛里木湖便进入我们的眼帘，宽阔平静的湖面，碧绿清澈的湖水，远山未褪的晨雾……构成了一幅壮美的高原湖泊画卷。

赛里木湖东西长27米、南北宽21米，湖的最深处达76米，海拔2200米，湖里面没有鱼，是因为水太清，还真印验了“水至清则无鱼”这句话，现在里面土法养殖有高白龟。

赛里木湖没有出水口，每年冰雪融化后的注水量与蒸发量基本能够保持平衡，所以它又被称作“大西洋的最后一滴眼泪”。翻过赛里木湖这面山，空气逐渐由湿润变得干燥起来。

9点前，我们就来到了赛里木湖。下车后，高原的风刺骨地冷，老人和孩子都有些受不了，而且要等到10点钟景区才开放，环湖一周还需要两个小时。为了不耽误行程，我们只好遗憾地离开，经石河子市前往乌鲁木齐飞重庆，结束此次旅行的最后行程。

新疆之行，使我深切地感受到了在疆亲友的那份浓浓情意。同时，他们扎根边疆、奉献边疆的精神更值得我们学习！

新疆是个好地方。到新疆旅行，是一次体验，是一次心灵的震撼，更是一次教育。活在当下，珍惜拥有，憧憬未来，既是一种快乐，更是一种幸福！

读书能知天下事，旅行却是一种修行！看到的是风景，净化的是灵魂，这就是旅行的意义。“读万卷书，不如行万里路”，如是也！

“利莫大于治，害莫大于乱。”新疆通过多年的治理，社会安定和谐，人民安居乐业，新疆呈现出一派安定祥和的景象！各民族大团结是祖国繁荣富强的关键！

畅游巴山大峡谷

蝉鸣蛙鼓，恰逢夏至。应朋友之约，我们一同前往这个藏在深闺人未知的地方——巴山大峡谷。

巴山大峡谷位于四川省宣汉县境内，绵延数千公里的秦巴山脉在这里呈现出道道折痕，雨水经年累月地冲刷形成条条泪痕般的沟壑，在两面大山的夹击下，汇聚成一条巨大的深沟峡谷，这就是巴山大峡谷。据说，为了推动全域旅游，打造巴山大峡谷，宣汉投资上100亿元，真不愧为“大手笔”，不得不让人为当地政府的这种胆识和魄力点赞。

早上7点30分，我们从宣汉县城金城酒店出发上高速，沿包茂高速行驶约50公里，然后从标有“巴山大峡谷”的入口，转入去巴山大峡谷的快速通道，再在快速通道上行驶30多公里，总共大约需要一个半小时，便来到了巴山大峡谷景区渡口服务区。

仲夏时节，绵延起伏的大巴山被丛生的灌木和茂密的森林所覆盖，天然生态的夏季绿，从车窗外匆匆掠过，毫不吝啬地给远道而来的游客平添了一份清凉。高速公路两旁新植的翠竹景观带，不时冒出几株带壳的新笋，彰显出夏季的勃勃生机……用不了几年，这里将是一条茂密苍翠的长廊，如同给这件山川大马甲镶上了一道翠绿色的衣边。从宣汉县城到巴山大峡谷，山势逐渐由蜿蜒磅礴变得陡峭险峻起来。

渡口服务区位于巴山大峡谷的底部，占地约1000余亩，内设游客中心、酒店、停车场、购物街、民族风情街、居民聚居点等。整个景区的建筑呈米黄色，古朴典雅，独具匠心；川东民居，别具一格；土家族人，极具风情；街衢初成，少有人住，这大概与景区建成的时间不长有关吧！

沿着盘山公路继续前行，虽然只有30分钟的车程，但给人的直观感觉就像是跨越了两个乡、多面山，便到达了位于海拔900多米的桑树坪服务区。这里不仅有酒店、宾馆、农家乐和民宿，还有巴部落亲子乐园。我们就下榻在这里。听朋友介绍，这里过去穷得叮当响，家中无钱又无粮，路不通灯不亮，青黄不接闹饥荒，是巴山大峡谷的开发给他们带来了机遇，现在这里的农民不仅有了产业，而且有了职业。土地流转有了第一份收入，在景区打工是他们的第二份收入，如果自己再搞点产业，就会有第三份收入。一年下来，三份收入加起来十分可观，而且提前实现了脱贫摘帽。

一切安顿好了之后，我们首先参观的是大象洞。

大象洞属于钙化沉积形成的溶洞，洞内有一个巨大的钟乳石，形似大象，为推崇自然之美，取《道德经》“大象无形”之“大象”之意，故此得名“大象洞”。洞内垂直高差达60米，全长约400米。洞宽从0.8米延展到24米，洞高从0.5米延展到近35米，洞底坡度最陡峭的地方达53度，很多钟乳石还处在活跃的生长期。

大象洞位于渡口服务区和桑树坪服务区的中间地带。从大象洞售票处左行20米，然后再下行50米，便来到大象洞口。进入大象洞内，一股透彻心扉的凉顿时涌遍全身，让人清爽异常。洞内梯步，脚触即亮；空气氤氲，湿气弥漫；溶洞奇石，五彩斑斓，石柱擎天，力挺万钧，钟乳石象，惟妙惟肖；玻璃桥下，暗流涌动；珍贵页岩，马灯辉映，古朴典雅；时光隧道，忽明忽暗，跨越千年；藤蔓缠绕，菌类丛生；人造景观，活灵活现……置身洞内，如临仙境，有如穿越亿万光年，见证万千气象。真可谓不虚此行!

出大象洞，乘观光车沿溪而上，大约20分钟车程，便来到两河口——桃溪谷景区。经验票口前行50米，过鸳鸯廊桥左行，便进入了鱼泉河。河谷间，空中弥漫着潮湿的水气，有道是：“山路元无雨，空翠湿人衣。”鱼泉河口是一个小潭，潭水清澈见底，潭中阳鱼清晰可见，一群游客正扶着栏杆围观，还不时投喂一点鱼饵，勾引阳鱼潭中戏水……多么美好的一幕人与自然和谐相处的画面啊！我也忍不住过去凑一会儿热闹。

沿河边栈道继续前行大约1000米，就到了鱼泉台。这里河道相对较宽，是整个鱼泉河中段空间较开敞之地，建有景观平台，平台连接鱼泉栈道，中间设计有鲤鱼吐珠雕塑，卵石铺地，环绕设置河内生物石雕装饰坐凳。游客可以通过梯步到河对岸，进行亲水戏水体验，设计理念极具人性化。鱼泉河里随处可见野生娃娃鱼，在河滩上一动不动，不怕任何惊扰，我不禁拿出手机拍下了这美好的一幕。我想，也许正是因为野生娃娃鱼属国家二级保护动物，禁止捕捞，它才能在那里自由自在，而不怕被人伤害。娃娃鱼可是餐桌上的美味佳肴，但在这里却没有伤害，没有杀戮，在这样的环境里，却又是那么平常而又普遍。人类这种观念的转变简直让人不可思议。

再往里走，就是定心石。定心石是悬架鱼泉河峡谷最狭窄段的一块大石头，距河面高5米左右，石头悬架形成一个简单的桥面，面积约3平方米。过去这里曾流传着一个美丽动人的爱情故事。据说，古时候瓦场坪向姓财主家有一个漂亮的姑娘，被家父许配给樊哙的陶姓财主之子，向家姑娘得知陶姓之子是纨绔子弟后，始终不同意这桩婚事。在向陶两家定亲之日，向家姑娘独自一人来到这块石头上，想跳河轻生，被正在山上打柴的两河口马家小伙相救，两人在这块石头上倾诉衷肠，互表衷心，定下终身大事。后来，这块石头就被称为“定心石”。如今成了美好缘分的象征。我坚信，今天同样不乏有一对对有情人，被他们美好的爱情故事所感动，置身此情此景，卿卿我我，缠绵悱恻，痴情冲动，互赠“宝物”，天地做证，缘定终身。

在鱼泉河的中部有一座吊桥，名叫鱼泉吊桥。它是利用河流两侧山体，采用地锚式钢索结构建筑，桥体用钢索连接，中间无桥柱，吊桥长约8米，宽约1.8米。踏上微微晃动的吊桥，如同儿时荡的秋千，两侧是陡峭的山崖、茂密的森林、蜿蜒曲折的峡谷，脚下是潺潺溪水，令人心旷神怡。孩子们故意在上面恶作剧，像跳蹦床一样，弄得吊桥剧烈晃动，大人们心惊胆战，赶忙制止，并快速通过。

过鱼泉吊桥，沿河而上，两岸山如斧削，高耸笔直，有如一线天，阴翳蔽日，只有阳光明媚的正午时分，浓密的树叶间才会漏下星星点点斑驳的日影，不远处就是藤蔓谷。藤蔓下垂数十米，树藤可以做编织的原材料和装饰材料，同时也是一种中药材。树藤中储存有丰富的水分，是大自然天然的储水井。藤蔓生长缓慢，质地脆弱。由于河中水气蒸腾，河面笼罩着一层薄雾，水雾凝结在藤蔓和岸边的树枝上，形成一层薄薄的苔藓，一条条藤蔓横跨河流两岸，如同一条条倒挂的金钩，成为峡谷的一大景观。我被这种原始生态的美深深吸引，伫立良久而舍不得离开。

过藤蔓谷，前行100米，就是阳鱼桥。该桥跨度约10米，最宽处3米，是一座钢化玻璃桥，整个桥体采取与阳鱼形体相似的线条比例，钢结构与通透的玻璃相结合，体态轻盈，因桥的外形形似阳鱼，故取名“阳鱼桥”。在这里仰望天空，偌大的天空只剩下一条缝，仿佛成了一根没有终点的延长线，向外界透露着这里的故事和神秘。

最后我们来到鱼泉洞。鱼泉洞是大巴山脉溶洞暗河出水口，相传每逢清明时节，洞里常有鱼随着流水飞落而下，故得名叫“鱼泉洞”。鱼泉洞洞深莫测，洞口直径约1.5米，日出水量数万立方米，是大巴山脉典型的喀斯特洞穴，汹涌的激流，轰鸣的瀑布，此乃自然界鬼斧神工之作。在这里，你既可以感受到汹涌澎湃的激越之情，又可以体验到清凉一夏的美妙之感。

鱼泉河一游，如同洗了一次肺，令人神清气爽，一身轻松，流连忘返。

此时已过正午，如果沿环线继续前行，绕桃溪谷一圈，大约还需要两个小时，我们只好作罢，沿原路返回两河口，乘坐观光车回到大象洞，然后驱车回到宾馆已近下午两点。

原计划午饭后稍作休息，再去山路十八弯观景点和狩猎场看看，或者带孩子到驻地附近的巴部落亲子乐园转转……只可惜天公不作美。午后3点，天下起雨来，苍翠的山峦笼罩在濛濛的雨雾中，此时，我不禁随口吟出了刘禹锡《竹枝词》中的句子来：“杨柳青青江水平，闻郎江上唱歌声。东边日出西边雨，道是无晴却有晴。”

然而，雨淅淅沥沥，一直下个不停，我们只好待在驻地休息。傍晚时分，桑树坪的灯亮了，雨雾中的灯如同天上的街灯，白天三叉路口那盏刺眼的红绿灯，此时也显得精疲力竭，眨着慵懒的眼，大地一片寂静……回到房间，打开电视，竟不知不觉就进入了梦乡。

一觉醒来，天已大亮。停电了，马路口的那盏红绿灯也只好闭着眼睛，让来往的车辆不停地穿梭，这里没有过去乡村的鸡鸣狗叫，只有“李贵娘”“早收早割、烧火烧馍”等雀鸟的叫声打破了山乡清晨的宁静，雨还在一个劲地不停地下着，查看天气预报，全天都是中雨，看来想继续昨天的行程又要“泡汤”了。

那就收拾行李，打道回府吧！未去的景点就是下次再来巴山大峡谷的理由。

巴山大峡谷，我还会再来！

八台山顶看日出

八台山位于四川省万源市境内，面积120平方公里，最高海拔2348米，因山体两侧各呈四台，共八台而得名。那里群峰汇聚，沟谷纵横，云雾缭绕，气象万千，是迎接四川第一缕阳光的地方。

丁酉夏日，在朋友的邀约下，清晨我们从开江县城出发，车行一个半小时来到八台山脚游客中心。后乘景区大巴车至七台，然后拾级而上至八台，登临至具有“八台山地理标志”最高峰海拔2348米。那里有一近百平方米的平台，安放着八仙过海的雕塑。放眼望去，远山近壑，错落有致，绝壁断崖，壁如刀削，峰峦突兀，有如棋盘落子，一轮红日冉冉升起，山间的云雾渐渐散去，碧空万里，山川秀美，我不禁随兴吟出几句顺口溜：

巍峨八台山，八台十九弯。

行车至七台，微微佛光现。

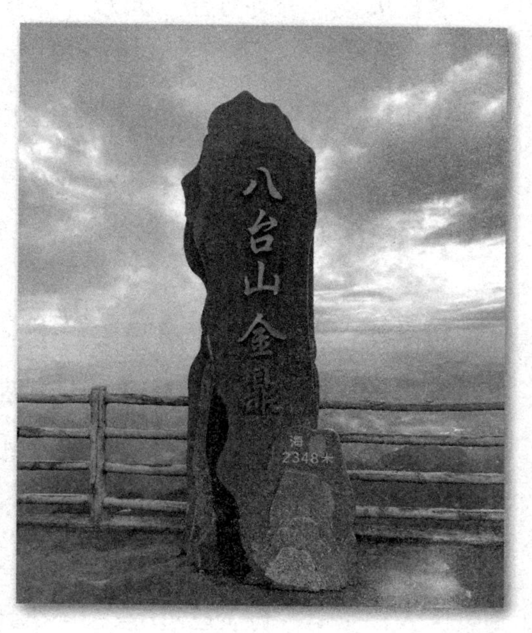

沿阶拾级上，玻璃栈道险。
登临制高点，八仙卧其间。
荡胸生层云，一览众小山。
极目蜀中地，红日出天边。
云海染金色，山间薄雾散。
碧空万里尽，大美八台山。

微风拂面，神清气爽，美不胜收，流连忘返。正午时分，乘车下山，来到一农家乐，吃柴火饭，尝野菌炖腊猪蹄，农家饭菜，分外香甜，此乃“醉翁之意不在酒，在乎山水之间也”。

饭后驱车返回，来也匆匆，去也匆匆，一场说走就走的旅行，寻找的是一种感觉和心境，渴望的是未来可期，留下的是“走了还会来”的向往。

庚子秋日，儿子暑假，家人提议，重游八台，意欲看日出观云海。周末前往，下榻于山脚靠近游客中心的一家酒店。晚餐后，纳凉聊天，朋友通过电话从景区管理人员那里获悉，次日看日出的时间是6点10分。

第二天早上5点30分起床，待一家人收拾完毕，匆匆来到景区入口（第一台）已近6点，从执勤人员口中得知，上山还有18公里的车程，看日出的时间已经晚了，但从今天的天气来看可以看到云海。

买票登记放行后，汽车沿着蜿蜒曲折的盘山公路绕行十九道弯，到达公路终点（第七台）。

下车后，一阵风迎面扑来，不禁让人打了个寒颤，赶紧找件单衣披上，随即向八台山金鼎进发。

沿阶而上，路阶的两旁是漫山遍野的蓼叶草，在八台山那样的蓼叶草大约有4万亩。步行至七台与八台中间已是早上7点，稍事休息。极目远眺，对面的天边呈现出一条银河，银河两岸被瓦灰色的云雾所笼罩，渐渐地万道霞光穿破云雾，如同在千山万壑间架起了座座金桥，变幻无穷，如梦如幻，蔚为壮观。

此时，碰巧一位早起看日出的游客下山路过，我不禁问道：“您看到日出了吗？”

答曰：“看到了，就那么一二十秒！”

“是啥景象呢？”我好奇地问。

“太阳像一个火球跃出地平线，周围还有一个光圈。”他不吝分享。可以想象，那种景象是十分壮观的！

继续登顶，来到八台山金鼎。虽然时令正值初秋，但见凉风习习，使人感觉有一种透心的凉，有道是：高处不胜寒。唯一不同的是原来的“八台山国家地理认证标志”已被“八台山金鼎”所取代，而且还增设了一台高倍望远镜。俯身望去，一大片白如絮状的云海散落在山坳间，如同给那片土地披上了一层神秘的面纱，虚无缥缈，奇妙难测。

看日出，既要有个好天气，又要把握好时机。自然之理和人生之理竟有异曲同工之妙。此次八台山之行，我虽没有看到日出，但看到了银河、银桥、云海等更加壮美的景观，也算不虚此行！

后 记

文学是语言文字的艺术，是作者通过灵魂的反映和心声的吐露来影响人们的思想和情感。

学生时代，我读过杨朔的一篇现代散文《泰山极顶》，杨朔先生不仅通过登泰山看到了泰山的美景，而且触景生情，表达了自己的心声：伟大而光明的祖国啊，愿您永远“如日之升”！后来我在写一篇《登阴灵山》的作文中，借用了杨朔先生写景的手法，得到了老师的表扬，从那时起我就感受到了文学的魅力，同时也对文学产生了浓厚的兴趣，并对未来美好生活充满着希望和向往。

然而，在银行工作后，由于长期忙于业务，难以静下心来写作，而且还有一个十分重要的原因，就是工作中常用的都是公文写作，因而曾一度疏远了文学。当然，这些说辞不仅是为了给自己找一个借口，更是由于自己缺乏创作的灵感和境界。虽然自己多年的打拼没有白费，事业顺风顺水，而且一步一步走进了高管的行列，但是缺少文学滋养的生活总是那么枯燥无味，超强的工作压力使我变得面容憔悴！

也许是十多年的高管生涯使我变得更加多愁善感，也许是工作的压力触发了我的灵感，再也无法控制内心的情愫，不得不提起笔来，写下生活中的美与丑、善与恶、爱与恨、苦与乐、成功与失败……回到家乡工作的四年间，我不停地笔耕，先后在省、市、区各级报刊上发表散文、杂文数十篇，并集结出版了散文集《岁月留痕》，内心的压力终于得以释放。我的《故乡的路》和《故乡的小河》为我找回了乡愁，《站在那山巅上》使我的视野和心胸都变得更加开阔，《又见儿子》和《蒙古包里话乡情》道出了我内心的亲情和友情……文学成为了我生活的一部分。

人生之路总是充满坎坷和曲折，就在我事业蒸蒸日上的时候，命运给我开了一个不小的玩笑，受人嫉妒，被人诽谤，遭人中伤，情绪一落千丈，心情差到极点，郁闷、彷徨、忧伤一齐涌上心头，眼前一片暗淡……此时，我翻开《人民日报》副刊，读着一篇篇激扬的文章，享受着文学带来的欢乐和愉悦，如同一缕阳光照进我的心田，心境豁然开朗，真有一种“山穷水复疑无路，柳暗花明又一村”的感觉。各种忧愁和烦恼全都被抛之脑后，犹如一剂精神良药，抚平了我心灵的创伤，心情终归平静，虽然上帝为我关掉了一扇门，但是文学为我打开了另外一扇窗，从此不再沉沦、颓废、堕落，这就是文学的力量。感恩文学，是它帮我战胜了脆弱，驱逐了困惑，迈过了沼泽，走出了阴影，找回了自信，重新扬帆起航。

我深深地爱着文学，近年来先后加入了中国金融作家协会、省金融作家协会、省散文学会和市、区作家协会。今年8月，我有幸参加了中国金融作家协会创作培训暨创联工作会。彭学明先生真情讲述了他用散文《娘》，唤醒了一个拒不认罪、正在服刑的杀人犯认罪伏法的故事，长期悬而未决的案件终于成功告破，让我再一次感受到了文学的潜在力量。

有文学情结的人一定有善心，有文学情结的人一定有情怀。只有心存善念，充满情怀，才能挥洒激情，创造精品。文学是一种修行，更是一种修心！

文学是职业，工作是事业。职业是一种爱好，事业才是一个人终生的追求，爱文学和爱工作并不矛盾。白天干工作，晚上搞创作，白天黑夜都有收获，这样的生活才会更加充实，这样的光阴才不会被荒废，这样的人生才会更加精彩。

做好工作写文章，写好文章做工作。爱文学的人思维更加缜密，工作更加细致，这一点我感同身受。创作的过程就是大脑思考加工的过程，我的很多工作措施和办法都是从思考中获得的，事业的成功被注入了文化的基因，文学成为我前进的动力。感恩文学，是它成就了我的事业，是它陶冶了我的情操，是它丰富了我的人生。

文学振奋人心，催人奋进。因为文学，哪怕头上再添些许白发，我都无怨无悔！

周依春

2020年5月于开江